COLLECTION

DE

M. LE CHEVALIER RAOUL RICHARDS

CATALOGUE

DES

OBJETS D'ART

ET DE

HAUTE CURIOSITÉ

Du Moyen-Age et de la Renaissance

Sculptures en ivoire, en bois, en marbre, en pierre et en terre cuite
Fers, Étains, Bronzes, Cuivres, Orfèvrerie
Émaux de Limoges et autres
Verrerie, Faïences, Porcelaines, Instruments de musique

TABLEAUX

Quatre œuvres remarquables de F. Snyders

Coffrets, Tabernacles, Cadres, Beaux Coffres de mariage

MEUBLES

DES XVIIe ET XVIIIe SIÈCLES

Bois sculptés et dorés

BELLES TAPISSERIES

Étoffes, Costumes, Velours, Broderies, Soieries

Composant l'importante Collection de M. RAOUL RICHARDS

ET DONT LA VENTE AURA LIEU

HOTEL DROUOT, SALLE N° 1

Les Lundi 6, Mardi 7, Mercredi 8, Jeudi 9 et Vendredi 10 Juin 1887

A DEUX HEURES

COMMISSAIRE-PRISEUR
Me Paul CHEVALLIER
10, rue de la Grange-Batelière, 10

EXPERT
M. Charles MANNHEIM
7, rue Saint-Georges, 7

EXPOSITIONS

PARTICULIÈRE : *Le Samedi 4 Juin 1887*

PUBLIQUE : *Le Dimanche 5 Juin 1887*

DE UNE HEURE A CINQ HEURES

CONDITIONS DE LA VENTE

Elle sera faite au comptant.

Les acquéreurs paieront, en sus des adjudications, cinq centimes par franc applicables aux frais.

L'exposition mettant le public à même de se rendre compte de l'état des objets, aucune réclamation ne sera admise une fois l'adjudication prononcée.

Paris. — Imp. de l'Art, E. MÉNARD et J. AUGRY, 41, rue de la Victoire

ORDRE DES VACATIONS

Le Lundi 6 Juin 1887.

Sculptures en ivoire	N°s	1 à 9
Sculptures en marbre, en pierre, etc.	—	10 à 21
Sculptures en bois	—	22 à 77
Fers	—	78 à 130

Le Mardi 7 Juin 1887.

Étains	—	131 à 135
Bronzes et cuivres	—	136 à 220
Orfèvrerie	—	221 à 252

Le Mercredi 8 Juin 1887.

Émaux	—	253 à 261
Verrerie	—	262 à 277
Faïences et porcelaines	—	278 à 304
Instruments de musique	—	305 à 319
Objets variés	—	320 à 342
Tableaux	—	343 à 368

Le Jeudi 9 Juin 1887.

Coffrets	—	369 à 407
Coffres, tabernacles, cadres	—	408 à 428
Meubles des XVIIe et XVIIIe siècles	—	429 à 456
Meubles en bois sculpté et doré	—	457 à 500

Le Vendredi 10 Juin 1887.

Étoffes, costumes, chasubles	—	501 à 544
Velours	—	545 à 563
Soieries, dentelles	—	564 à 590
Broderies, applications	—	591 à 621
Tapisseries	—	622 à 624

DÉSIGNATION DES OBJETS

SCULPTURES EN IVOIRE

1 — Grand coffret en ivoire sculpté, de forme barlongue, muni d'un couvercle plat s'ouvrant à coulisse. Sur le couvercle et sur les flancs, divisés en compartiments par des bandeaux ornés de rosaces, sont représentés des scènes empruntées aux jeux du cirque et des combats d'animaux. L'intérieur est doublé d'une étoffe sicilienne ou orientale. Poignée en argent doré.

Travail byzantin ou du midi de l'Italie, du VIIIe ou du IXe siècle.

Haut., 12 cent.; long., 30 cent.; larg., 19 cent.

2 — Plaque d'ivoire représentant, sous une arcade richement ornée, supportée par deux colonnes torses, la Vierge à mi-corps, nimbée et vêtue de long, portant sur son bras gauche l'Enfant Jésus. Celui-ci est nimbé d'un nimbe crucifère, vêtu d'une toge et chaussé de sandales. De la main droite, il bénit à la grecque; de la gauche, il tient un volumen.

Travail byzantin du Xe ou du XIe siècle.

Haut., 17 cent.; larg., 118 millim.

3 — Cadre octogonal en os sculpté, provenant du couronnement d'un coffret. Au milieu de feuillages sont représentés des génies, des hommes nus et des femmes. Sur l'un des côtés, deux écussons vides.

Italie, XIVe siècle.

Diam., 26 cent.

4 — Coffret en ivoire, de forme barlongue, à couvercle à quatre rampants, entièrement orné de médaillons peints et dorés, contenant des animaux ou des ornements. Sur le devant du couvercle, une inscription arabe.
Travail oriental.

5 — Coffret en ivoire, de forme barlongue, muni d'un couvercle à quatre rampants. Sur les faces sont peints des médaillons renfermant des oiseaux à demi effacés.
Travail oriental.

6 — Christ en ivoire du XVIe siècle.

7 — Groupe de la Vierge portant l'Enfant Jésus, travail italien du XVIIe siècle. La tête de la Vierge, les mains, les pieds, la figurine, ronde bosse, de l'Enfant Jésus, et les deux chérubins qui portent la Vierge, sont en ivoire. Le reste de la figure et le socle sont en bois doré.

8 — Grand coffret en ivoire sculpté, de forme barlongue, à couvercle plat. Sur les côtés sont représentés, sous des arcatures de style gothique, douze sujets du Nouveau Testament. Le couvercle est divisé en quinze compartiments contenant des rosaces.

Haut., 14 cent.; long., 30 cent.; larg., 19 cent.

9 — Coffret en ivoire sculpté, en forme de châsse, à crête ajourée. Sur le toit et sur le coffre sont représentés le Christ, des saints et des anges.

SCULPTURES

MARBRE, PIERRE, TERRE CUITE

10 — Buste en marbre blanc, représentant Pietro Soderini, gonfalonier de Florence en 1501. Il est représenté imberbe, coiffé d'un grand bonnet dont l'extrémité retombe sur l'épaule gauche, et vêtu d'un pourpoint et d'un manteau fourré d'hermine. Socle en bois peint et doré.
Attribué au BERNIN.

Haut., 92 cent.

11 — Buste en marbre blanc, représentant Francesco Soderini, évêque de Volterre et cardinal en 1503. La tête tournée légèrement vers la droite, il est vêtu d'un camail et coiffé d'un bonnet carré. Socle en bois peint et doré.

Attribué au Bernin.

Haut., 92 cent.

12 — Bas-relief en marbre blanc, représentant saint Nicolas à cheval, portant en croupe un petit enfant.

13 — Marbre blanc. Tête d'enfant, grandeur nature, sculpté en ronde bosse et placé sur un piédouche d'albâtre oriental. xvie siècle.

14 — Marbre blanc. Tête et buste d'empereurs romains.

15 — Marbre blanc. Buste d'impératrice, grandeur nature; le masque parait être antique.

16 — Fût de colonne en marbre vert antique, avec base moulurée et plinthe octogone en marbre blanc.

Haut., 1 m. 85 cent.

17 — Vase en marbre noir veiné de jaune, à panse aplatie accompagnée de deux petites anses.

18 — Deux anges porte-lumières en pierre peinte en blanc. xive siècle.

19 — Deux anges porte-lumières en pierre peinte et dorée. Ils sont agenouillés et portent des candélabres et des banderoles. xive siècle.

20 — Groupe en terre cuite peinte et dorée : la Vierge noire, assise sur un rocher, tenant la boule du monde et ayant l'Enfant Jésus assis sur ses genoux. xviie siècle.

21 — Deux têtes de femmes. Terres cuites antiques de Tarente.

SCULPTURES EN BOIS

22 — Groupe en bois sculpté, représentant la Vierge et l'Enfant Jésus. La Vierge, assise, vêtue de long, un voile sur la tête, soutient sur son genou gauche l'Enfant Jésus debout, vêtu d'une longue tunique.
Italie, XIVe siècle.

Haut., 19 cent.

23 — La Vierge et l'Enfant Jésus, groupe en bois de tilleul. La Vierge, assise sur une chaire à haut dossier, est vêtue d'une robe longue à plis cassés; ses cheveux, à demi recouverts d'un voile, retombent sur ses épaules. De ses deux mains, elle soutient sur ses genoux l'Enfant Jésus. XVe siècle.

Haut., 40 cent.

24 — Bas-relief en bois peint et doré, représentant sainte Élisabeth couchée dans un lit; fragment d'une grande composition. Fin du XVe siècle.

25 — Saint Sébastien, bas-relief en bois sculpté, peint et doré. Allemagne. Fin du XVe siècle.

26 — Statue de Saint Michel, debout, tête nue, revêtu de l'armure. XVe siècle.

27 — Statue de Saint Georges, bois sculpté, peint et doré; il est debout, foulant aux pieds le dragon, et porte la cotte sur son armure. Fin du XVe siècle.

28 — Statue de Saint Georges, bois sculpté, peint et doré, foulant aux pieds le dragon, portant la cotte d'armes pardessus l'armure, la main droite levée, tenant l'épée.

29 — Vierge portant l'Enfant Jésus.

30 — Saint Roch, statue.

31 — Deux figures-appliques, bois peint et doré : Saint Pierre et Saint Antoine. Travail allemand du XVe siècle.

32 — Figure-applique : Saint Antoine.

33 — Figure-applique sculptée en bas-relief, peinte et dorée : Sainte Femme tenant un calice. xve siècle.

34 — Groupe-applique, bois sculpté, peint et doré : Sainte Anne portant sur les bras la Vierge et l'Enfant Jésus. xve siècle.

35 — Figure-applique, bois sculpté, peint et doré : la Vierge portant l'Enfant Jésus. Italie, xve siècle.

36 — Deux figures-appliques de Saintes Femmes, bois sculpté, peint et doré. xve siècle.

37 — Statue de Saint Georges, revêtu de l'armure, armé d'une lance et terrassant le dragon. xve siècle.

38 — Figure-applique de Sainte Véronique, bois sculpté et peint.

39 — Haut-relief : Vierge et Enfant Jésus.

40 — Retable à sujet principal en bois sculpté en haut-relief, peint et doré, représentant trois figures de Saints, et à volets peints sur les deux faces. Il est surmonté d'une crête gothique sculptée à jour. xve siècle.

41 — Groupe en bois peint et doré : la Vierge, vêtue de long, portant l'Enfant Jésus, qui feuillette un livre. xve siècle.

42 — Deux petits bas-reliefs du xve siècle, représentant une Sainte Femme en prières devant un autel et un prêtre conversant avec un malheureux ; ils portent des armoiries.

43 — Haut-relief sans fond : l'Adoration des Rois Mages, bois sculpté et peint. xvie siècle.

44 — Bas-relief en bois sculpté et peint, représentant la Nativité. xve siècle.

45 — Haut-relief appliqué sur une planche tendue de velours et représentant le Christ mort, soutenu par la Vierge, saint Jean et la Madeleine. xve siècle.

46 — Bas-relief représentant le Couronnement de la Vierge. xve siècle.

47 — Statuette-applique de Sainte Femme, debout, les cheveux flottants, portant une couronne et tenant un livre de prières. Bois sculpté et peint du xve siècle.

48 — Bas-relief en noyer sculpté, représentant Hérodiade. xve siècle.

49 — Statuette-applique : la Vierge debout, drapée dans son manteau, les mains jointes. Bois sculpté et peint du xve siècle.

50 — Statuette-applique : Saint Jean tenant un livre. Bois peint et doré du xve siècle.

51 — Statuette de Sainte Thérèse en bois sculpté et peint au naturel, avec riche costume. Travail napolitain du xviie siècle.

52 — Deux côtés de stalles, en bois sculpté, à figures de saint Pierre et de saint Paul, debout sous des arcades feuillagées, portant sur un pilier carré. xve siècle.

53 — Cinq panneaux gothiques, deux à figures d'anges sous des arceaux, les trois autres à fenestrages et meneaux en ogive.

54 — Bas-relief en bois sculpté, polychromé et doré : la Vierge, l'Enfant Jésus et sainte Anne, sous une arcade, entre deux colonnettes supportant un entablement. Italie. xve siècle.

55 — Bas-relief en bois peint et doré : Jésus au Mont des Oliviers. xve siècle.

56 — Deux bas-reliefs en bois peint et doré, représentant la

Vierge enfant montant les degrés du Temple, et la Nativité. Allemagne, commencement du xvie siècle.

57 — Bas-relief en bois de tilleul, représentant la Décollation de saint Jean-Baptiste.
Allemagne, commencement du xvie siècle.

58 — Panneau de bois champlevé et gravé, représentant un vase entouré d'enfants et de banderoles à inscriptions et placé entre les figures de la Justice et de la Tempérance.

59 — Deux bustes de l'époque Louis XIII, en bois peint et doré.

60 — Buis sculpté. Partie de quenouille, à décor de figures, d'animaux, d'oiseaux et d'ornements ajourés. Style roman.

61 — Buis sculpté. Fuseau composé de figurines, en ronde bosse et en bas-relief. xviie siècle.

62 — Buis sculpté. Tige de quenouille, composée de figurines et de rocailles, superposées et fouillées à jour. xviiie siècle.

63 — Deux statuettes d'anges, en bois peint et doré. xviie siècle.

64 — Deux statuettes d'anges agenouillés, en bois doré. xvie siècle.

65 — Groupe-applique de trois anges, debout et portant un livre de prières. Travail florentin du xve siècle.

66 — Bas-relief en bois sculpté, peint et doré : la Vierge et les Apôtres. xve siècle.

67 — Demi-figure en ronde bosse : le Christ aux liens. xvie siècle.

68 — Haut-relief : Garde du sépulcre, endormi, revêtu d'une armure. xve siècle.

69 — Statuette de saint personnage portant une petite chapelle, bois peint et doré. XVe siècle.

70 — Gloire d'anges, en bois sculpté et peint. XVIIe siècle.

71 — Christ en bois sculpté et doré, fixé sur une croix de bois, surmontée d'un *titulus*.
Italie, XVIIe siècle.

72 — Quatre statuettes d'anges debout, portant des chandeliers, bois peint et doré.

73 — Deux statuettes d'anges, bois peint et doré. XVIIe siècle.

74 — Deux lions affrontés et couchés sur des rinceaux, à feuillages et volutes. XVIIe siècle.

75 — Lot de figurines en bois et en étoffes peints, figurant le sujet de la Nativité. Travail napolitain du XVIIIe siècle.

76 — Vache debout, en bois sculpté et peint au naturel, les yeux en verre.

77 — Statuette de guerrier japonais, bois peint et laqué.

FERS

78 — Beau coffret à couvercle plat en fer découpé à jour. Les côtés sont décorés d'arcatures de style gothique flamboyant, le couvercle de bandes repercées, séparées par des tiges retordues. XVe siècle.

Haut., 12 cent.; larg., 19 cent.; long., 29 cent.

79 — Coffret en fer, de forme barlongue, à couvercle bombé, entièrement décoré de bandeaux découpés à jour, de style gothique. XVe siècle.

Haut., 15 cent.; long., 24 cent.; larg., 15 cent.

80 — Coffret rectangulaire en fer découpé à jour, de style

gothique flamboyant, muni d'un couvercle à quatre rampants. Le fer est appliqué sur un fond d'étoffe. XVe siècle.

81 — Marteau de porte en fer forgé, composé d'un amour de haut-relief les ailes étendues, et d'un anneau orné de feuillages, terminé par un bouton de haut-relief à sa partie inférieure.

Italie, XVe siècle.

Haut., 31 cent.

82 — Plaque d'ornement en fer forgé. Sous une arcade de style gothique flamboyant, sont représentés deux lions soutenant un écusson échiqueté, accompagné d'une crosse et d'une mitre. Au-dessus de l'arcade, le Martyre de saint Sébastien. XVe siècle.

Haut., 225 millim.; larg., 15 cent.

83 — Serrure de coffre en fer, recouverte de plaques ajourées de style gothique. Sur le moraillon, une figurine de saint Pierre; au-dessous, un écusson de France; aux angles, quatre figurines d'anges. XVe siècle.

Haut., 19 cent.; larg., 18 cent.

84 — Serrure en fer recouverte de plaques de fer découpées à jour, de style gothique. De chaque côté de l'entrée de la serrure, Adam et Ève; aux angles, quatre anges en relief. XVe siècle.

Haut., 19 cent.; larg., 15 cent.

85 — Deux bouquets en fer forgé, feuillages, fleurs et tige d'olivier. XVe siècle.

86 — Serrure en fer de forme rectangulaire, recouverte sur ses bords et sur son entrée d'ornements ajourés de style gothique. Au-dessus de l'entrée sur laquelle est fixée une tête d'homme, une arcature surmontée de feuillages. XVe siècle.

87 — Deux candélabres d'église en fer forgé et ouvragé du XVe siècle, composés chacun d'une couronne de lumières repercée à jour, montée sur pivot, décorée de rosaces et

d'écus armoriés, et supportée par six branches à fleurons et bustes finement ciselés. Au-dessous, un plateau de cuivre est supporté par quatre feuilles de fer découpées, surmontant une tige à pans, élevée sur un trépied à griffes.

88 — Coffret Louis XIII, en bois noir à moulures guillochées, revêtu sur ses quatre faces et sur le couvercle d'appliques en fer repoussé, représentant l'histoire d'un chevalier, dans des médaillons encadrés de fruits, de fleurs et d'oiseaux. Belle serrure en fer gravé, d'une riche ornementation, fixée au revers du couvercle, et casier intérieur aussi en fer gravé.

89 — Serrure du xve siècle, à double encadrement d'ornements gothiques ondulés, formés de plaques de fer repercées à jour et superposées.

90 — Judas formé d'une rose gothique découpée à jour et inscrite dans un carré. xve siècle.

91 — Rosace-applique de heurtoir, en fer repercé et à rebord crénelé. xve siècle.

92 — Serrure en fer, à plaque découpée à jour, accompagnée de sa clef à anneau ajouré, surmonté d'une couronne.

Commencement du xvie siècle.

93 — Plaque de heurtoir en fer forgé. Elle affecte la forme d'un édifice flanqué de deux colonnes fuselées, surmonté d'un fronton. Au centre, un gros mascaron supportant un vase de fleurs. Au bas, deux volutes et une draperie. xvie siècle.

Haut., 29 cent.; larg., 165 millim.

94 — Porte du xve siècle, en fer, composée d'une moulure cintrée à sa partie supérieure, enchâssant des meneaux découpés à jour et surmontés d'un arc en accolade.

95 — Serrure du temps de Louis XIV, à mécanisme compliqué, accompagnée de la clef et décorée de fleurs de lis.

96 — Deux plaques rectangulaires en fer repoussé et damasquiné d'or, représentant la Justice et la Science sous les traits de deux femmes foulant aux pieds le Crime et l'Ignorance.
Style du XVIe siècle.

97 — Coffret en fer de forme barlongue, à couvercle plat, orné sur sa face antérieure d'un médaillon d'homme couronné entre deux balustres. XVIe siècle.

98 — Coffret en fer de forme barlongue, à couvercle bombé, couvert d'ornements en or plaqué, représentant des feuillages, des satyres et des mascarons.
Italie. XVIe siècle.

Haut., 85 millim.; long., 12 cent.; larg., 8 cent.

99 — Coffret en fer de forme barlongue, à couvercle bombé, entièrement orné de compartiments d'arabesques damasquinés en or et en argent. Sur la poignée du couvercle est gravée la date 1592.
Italie, XVIe siècle.

100 — Coffret en fer gravé de forme barlongue, à couvercle plat. Les ornements consistent en arabesques et en personnages. Toutes les parties de la serrure placée à l'intérieur sont gravées.
Commencement du XVIIe siècle.

101 — Coffre en fer gravé, à pans coupés, muni d'une curieuse serrure à vingt-six pênes mus par une seule clef dont l'entrée se trouve sur le couvercle. XVIIe siècle.

102 — Lot composé d'une serrure en fer doré et découpé, surmonté d'une couronne, d'une serrure en forme d'écusson orné de deux lions adossés et d'une penture de fer découpé.

103 — Coffret rectangulaire en fer gravé à figures et bande de rinceaux: il est monté sur boules. Époque Louis XIII.

104 — Coffret rectangulaire en fer gravé, à décor d'animaux et d'arabesques.

105 — Serrure de l'époque Louis XIV, en fer ciselé, à entrelacs, feuillages et sphinx en relief, surmontée d'un chien couché.

106 — Étau du XVIIe siècle, décoré d'un buste en ronde bosse et de deux plaques à figures d'enfants tenant des rameaux, rapportées en bas-relief.

107 — Serrure gothique à rinceaux découpés à jour, cache-entrée offrant une figurine debout sous un dais ajouré, et colonnettes d'entre-deux fuselées.

108 — Grande serrure en fer et en cuivre de l'époque Louis XIII, décorée d'une coquille, de fleurons et de têtes de clous côtelées.

109 — Miroir persan à deux faces munies chacune d'un couvercle, en fer damasquiné d'or à arabesques et inscriptions. Circulaire et à bord lobé, il est monté à pivot sur une branche en demi-cercle, supportée par une tige reposant sur un pied également lobé.

110 — Petite clef en fer ciselé, l'anneau est formé d'une couronne de pampres, dans laquelle sont représentés deux petits enfants nus. Tige gravée. XVIIIe siècle.

Long., 7 cent.

111 — Petite clef en fer à panneton découpé à jour, terminée par un anneau décoré de C affrontés, surmontés d'une couronne. XVIIe siècle.

Long., 8 cent.

112 — Petite clef en fer à panneton en forme de peigne. L'anneau se compose d'une rosace de style gothique, découpée à jour, que surmonte une couronne. XVe siècle.

113 — Lot composé de quatre clefs en fer du XVIe siècle, à anneaux ajourés.

114 — Lot composé de quatre clefs en fer des XVe et XVIe siècles.

115 — Lot composé de six clefs en fer, de dimensions et d'époques diverses.

116 — Lot composé de douze clefs anciennes en fer, de dimensions et d'époques diverses.

117 — Lot composé de six clefs en fer de diverses époques.

118 — Lot composé de trois clefs en fer, à anneaux ajourés, XVIIe siècle.

119 — Bénitier d'applique, formé d'une gerbe de fleurs et de rinceaux en fer et en cuivre, XVIIe siècle. Il est fixé sur un fond de velours.

120 — Bénitier-applique en fer, décoré de feuilles et de fleurs, et encadré de courtines surmontées d'une couronne fermée, XVIIe siècle.

121 — Ex-voto en fer, figurant une petite chapelle sous laquelle se voient les chiffres 1.89.

122 — Proue de gondole en fer gravé et ajouré en forme de crosse, décorée de figurines d'animaux et de feuilles.

123 — Clef et entrée de serrure Louis XIII; grande serrure et sa clef; serrure revêtue d'une plaque découpée à jour représentant des palmes, des rubans et une couronne.

124 — Lot de bras de mur, porte-lumières, grille, enseigne formée d'une tarasque, etc.

125 — Fermoir, pentures, ornements et poignées en fer, provenant d'un coffre espagnol et appliqués sur une caisse revêtue de velours.

126 — Lot composé de deux appliques en fer ciselé et doré représentant des termes, et de deux cariatides d'homme et de femme, le tout provenant de pièces de serrurerie.

127 — Deux moules à oublies en fer gravé : bustes, génies et cornes d'abondance.

Italie, XVe et XVIe siècles.

128 — Mesure en fer de forme cylindrique, à anse plate. Sur le bord, sont frappés un grand nombre de poinçons de contrôle.

129 — Trois lanternes en fer; l'une est surmontée d'un toit conique, les deux autres, de forme rectangulaire, sont flanquées de colonnettes et terminées par un toit en forme de dôme.

130 — Deux pommes d'amortissement composées de feuillages dentelés et recourbés.

ÉTAINS

131 — Grand bassin d'aiguière en étain. Au centre, sur l'ombilic saillant, est représentée Suzanne surprise par les vieillards. Autour de cet ombilic, se développent deux zones d'ornements concentriques: termes alternant avec des mascarons et entrelacs. Sur le bord, dans huit médaillons séparés par des termes, des mascarons et des grotesques, sont figurées les Saisons et les Vertus cardinales.

Attribué à Gaspard Enderlein.

Diam., 455 millim.

132 — Grand bassin d'aiguière en étain, portant sur l'ombilic la représentation de la Tempérance et sur le fond et les bords des figures symbolisant les Éléments et les Arts libéraux. Imitation allemande du célèbre plat de Briot. Au revers, un poinçon composé d'une rose couronnée accostée des initiales N. K. XVIIe siècle.

133 — Petit plat en étain représentant, au centre, la Résurrection, et, sur les bords, les douze apôtres. Sur le bord, un poinçon portant un agneau et les lettres M L.

Allemagne. XVIIe siècle.

134 — Grand plat en étain gravé d'arabesques, portant sur l'ombilic un émail peint représentant un buste d'homme de profil. XVIe siècle.

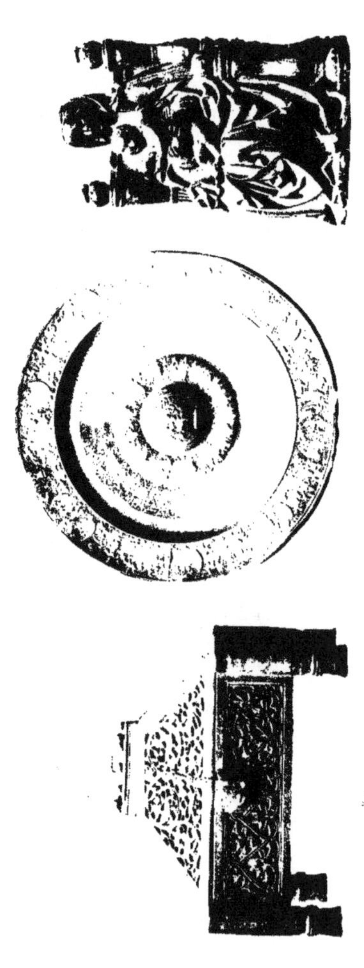

135 — Aiguière en étain, recouverte d'ornements et de médaillons dans le style de Briot.

BRONZES ET CUIVRES

136 — Encensoir en bronze, de forme hémisphérique, surmonté d'un clocheton cylindrique, décoré de bandes ornées de feuillages, séparées par des parties saillantes en forme de pyramide à trois pans. XIIIe siècle.

Haut., 19 cent.

137 — Encensoir en cuivre. La panse, à six pans, repose sur un pied circulaire et conique. Le couvercle se compose d'un édifice à six pans et à deux étages, de style gothique. XVe siècle.

Haut., 26 cent.

138 — Encensoir en cuivre, à panse hexagonale, reposant sur un pied circulaire et conique, surmontée d'un couvercle en forme de tour à deux étages, de style gothique. XVe siècle.

Haut., 23 cent.

139 — Chandelier en bronze à haute tige et à plateau circulaire et Aiguière en dinanderie à panse piriforme. XIIIe et XVe siècles.

140 — Aiguière en laiton à petits ornements gravés; elle est en forme de balustre, à couvercle bombé et surmonté d'un fleuron; le déversoir est figuré par un lion assis et l'anse par un dragon. XVe siècle.

141 — Petit plat gothique à gazelle au centre et fleurs de lis sur le bord.

142 — Plat à ornements gravés et couvercle de brasero en cuivre rouge repoussé.

143 — Petit seau à eau bénite, de forme hémisphérique et lobée, en cuivre repoussé, figures et aigles. XVe siècle.

144 — Autre, de même forme, à cartouches, oiseaux et arabesques.

145 — Deux autres, le plus petit à anse trilobée.

146 — Ange en bronze, agenouillé, vêtu d'une longue tunique et portant devant lui un écusson. Les ailes manquent. XVe siècle.

147 — Baiser de paix en bronze, portant des traces de dorure. Sous une arcade en cintre brisé, soutenue par deux pilastres, est représenté le Christ mort, à mi-corps, nimbé, les bras croisés.

Venise, XVe siècle.

148 — Plaquette en bronze doré, représentant la Vierge assise, nimbée et vêtue d'une longue robe décorée de rosaces, portant sur son genou gauche l'Enfant Jésus. A gauche, le petit saint Jean, debout et nu, portant une croix. Fond d'architecture.

Travail vénitien. Fin du XVe siècle.

Haut., 13 cent.; larg., 86 millim.

149 — Plaquette en bronze doré, représentant le Christ ressuscité apparaissant aux apôtres.

Travail vénitien. Fin du XVe siècle.

Bronze doré.

Haut., 94 millim.; larg., 69 millim.

150 — Lot composé de trois baisers de paix en bronze; l'un représente l'Adoration des Mages, le second le Christ mort, debout dans le tombeau, le troisième a perdu le bas-relief qui en occupait le centre. Travail italien.

151 — Lot composé de cinq plaquettes en bronze, représentant la Vierge et l'Enfant Jésus, la Crucifixion (deux fois), la Résurrection, le Triomphe d'un héros : plus un triptyque en bronze de travail russe.

152 — Grand médaillon en bronze, représentant le pape Innocent VIII, en buste de profil, à droite, coiffé de la tiare et vêtu d'une chape à large agrafe, ornée d'une

figure de Diane. Légende : INNOCENTIVS VIII . P . M . CREATVS . DIE . 29 AVGVSTVS *sic* 1484.

Ce médaillon est renfermé dans un écrin en cuir frappé, XVIIe siècle.

Diam., 31 cent.

153 — Trépied en bronze, orné d'un rang d'oves, porté sur trois figures de chimères accroupies.

Italie, commencement du XVIe siècle.

Haut., 8 cent.

154 — Deux mascarons de satyres, entourés de feuillages, provenant de marteaux de porte.

Italie, XVIe siècle.

155 — Mortier en bronze orné d'arcatures gothiques abritant des écussons chargés d'un taureau ou des branches de chardons. Sur le bord, on lit : *Fecit Guiducius Francisci de Fabriano misser Ihoan Tartarin. In nomine Domini Amen* MCCCCLXVI.

Italie (Fabriano), 1466.

156 — Mortier en bronze, orné sur sa panse de bustes de femmes, de fleurs, d'oiseaux, de chimères et de cavaliers. XVe siècle.

157 — Mortier en bronze, à deux anses, orné de deux écussons d'armoiries et de larges feuilles. XVIe siècle.

158 — Mortier en bronze, à une seule anse, orné sur sa panse de masques de Méduse et de fleurs de lis. Sur le bord, on lit : M. IO. DE. LIONESSA. 1580.

159 — Mortier en bronze, à une seule anse, orné sur sa panse d'un buste de Christ, d'une figure de la Vierge, portant l'Enfant Jésus, et d'un saint Sébastien. XVIe siècle.

160 — Petit mortier en bronze, orné de fleurs de lis, alternant avec des bâtons noueux. XVIe siècle.

161 — Mortier en bronze, à deux anses en forme de cordelières, à panse ornée de côtes en relief. XVIe siècle.

162 — Mortier en bronze, à une seule anse, orné sur sa panse de bande d'ornements et d'un écusson d'armoiries, accompagné des lettres G O et de la date 1550.

163 — Sonnette en bronze, décorée de palmettes et de médaillons dans lesquels on voit le monogramme de Jésus et des armoiries (celle des Farnèse, surmontée de la tiare) ; sur le culot, on lit le nom du fondeur : ✠ *Franciscus. Astius. de. Forlivio* MDXLI.
Italie (Forli), 1541.

164 — Sonnette en bronze, à poignée composée de deux enfants adossés. Sur la sonnette : Orphée jouant du violon, des mascarons et la légende : *Sit nomen Domini benedictum*. Le battant manque.
Italie, XVIe siècle.

165 — Sonnette en bronze, à long manche, décorée de fleurs de lis et d'aigles à deux têtes.
Flandre, XVIe siècle.

166 — Sonnette en bronze, décorée de têtes de chérubins, de cartouches, de guirlandes et d'écusson.
Italie, XVIe siècle.

167 — Sonnette en bronze, ornée de feuillages, de bucrânes et d'écussons aux armes des Médicis. La poignée manque.

168 — Grand vase en cuivre repoussé, formant fontaine, orné de feuillages et de mascarons.
Italie, XVIe siècle.

169 — Pot à eau en cuivre repoussé, à panse godronnée et à col orné d'écailles gravées.

170 — Deux grands vases en cuivre repoussé, à piédouche godronné. Sur la panse, des écussons, des rinceaux et des oiseaux.

171 — Fontaine en cuivre repoussé, en forme de seau, muni d'un couvercle découpé à jour. XVIe siècle.

172 — Deux pommes d'amortissement en bronze ajouré, composées de fleurons et de rubans à perles, entre-croisés.

173 — Deux pommes en bronze de la Renaissance, à feuilles d'acanthe et cartouches aux armes de la famille des Borghèse.

174 — Deux pommes d'amortissement, composées de boules en bronze (?) revêtues de montants ajourés, à mascarons et rinceaux, XVIe siècle.

175 — Statuette d'Enfant Jésus, couché et endormi sur la croix, bronze du XVIIe siècle, fondu à cire perdue et muni d'une patine brune.

176 — Statuette d'Hercule, accoudé du bras gauche, appuyant la main droite sur la massue, une jambe infléchie. Bronze du XVIe siècle.

177 — Deux burettes à corps ovoïde, en verre incolore, avec monture en bronze, XVIe siècle.

178 — Beau lectrin portatif italien du XVIe siècle, en fer et en bronze, de forme rectangulaire et à pourtour ajouré, décoré de rinceaux feuillagés ; les angles sont garnis de quatre pieds en forme de cartouche à mufle de lion. La tablette se compose de deux rangs de cariatides d'hommes alternant avec des balustres ; l'arret et le couronnement sont en fer doré.

179 — Aiguière en bronze à corps ovoïde, goulot feuillagé et anse recourbée se terminant en volutes, XVIe siècle.

180 — Aiguière à corps ovoïde, décorée d'un mascaron chimérique sous le déversoir et d'un second mascaron supportant l'anse, XVIe siècle.

181 — Autre, de même style.

182 — Réchaud hexagonal en cuivre repercé à jour et doré.

flanqué, aux angles, de colonnettes séparées par des compartiments renfermant des médaillons ovales supportés par des satyres. Sur le dessus, six Atlas à mi-corps.
Italie, XVIe siècle.

183 — Christ en bronze fondu, ciselé et doré.
Italie, XVIe siècle.

184 — Entrée de serrure en bronze : elle affecte la forme d'un écusson ovale soutenu par deux petits génies séparés par un masque de Méduse ; au bas, une tête de femme et des festons.
Italie, XVIe siècle.

185 — Marteau de porte en cuivre, terminé par une tête d'aigle.

186 — Deux grands marteaux de porte en bronze, composés de dauphins affrontés de chaque côté d'une coquille. Les boutons d'attache sont en forme de mascarons barbus.
Italie, XVIe siècle.

187 — Lot composé de cinq marteaux de porte, trois en bronze et deux en fer.

188 — Lot composé de trois clefs antiques en bronze.

189 — Lot composé de quatre goulots en bronze, provenant de pièces de dinanderie.

190 — Grand plat rond en cuivre gravé et argenté, à décor de chimères, de rinceaux feuillagés et de godrons. Époque Louis XIII.

191 — Plat ovale du XVIe siècle, en cuivre gravé et argenté, à décor d'arabesques, d'oiseaux et d'animaux, avec écusson armorié au centre.

192 — Deux plats du XVIe siècle, à ombilics godronnés ; l'un porte une inscription.

193 — Plat gothique en cuivre repoussé et gravé. Au centre,

médaillon représentant saint Georges, entouré d'une bande à inscription.

194 — Deux colonnes torses supportant des vases et servant de chandeliers, cuivre repoussé à oves et godrons. Époque Louis XIII.

195 — Gourde piriforme en cuivre rouge repoussé, à décor de cartouches, de mascarons chimériques et de feuillages ; elle est munie d'une anse surélevée et d'une capsule enveloppant le goulot. XVIe siècle.

196 — Buire ovoïde en cuivre rouge repoussé, à figures religieuses, oiseaux et animaux ; elle est munie d'une anse surélevée, d'un couvercle et d'une tubulure courbée. XVIIe siècle.

197 — Deux calices Louis XIII, à coupes en argent et pieds en bronze argenté à têtes de chérubins et feuillages.

198 — Pied de calice Louis XIII en cuivre doré, et deux salières rocaille en bronze, portant des armoiries de cardinal.

199 — Deux paires de chandeliers de deux dimensions, en cuivre repoussé à godrons. Époque Louis XIII.

200 — Petit cadre de bronze doré. De forme ovale, il est flanqué de deux anges terminés en gaines et surmonté d'un chérubin. Au bas, des volutes et des festons.
Italie, XVIIe siècle.

201 — Quatre entrées de serrure en bronze doré, représentant des écussons couronnés accostés d'enfants nus et de rinceaux. XVIIe siècle.

202 — Figurine en bronze, représentant Neptune nu et debout, tenant un dauphin. Sa main droite est relevée et soutenait sans doute un trident qui a disparu. XVIIe siècle.

203 — Pendule de bureau en cuivre gravé à cadran hori-

zontal placé dans un encadrement supporté par quatre figurines d'enfants, reposant sur une base étampée et ajourée.

204 — Écusson aux armes de la famille Pallavicini (?) en bronze ciselé et doré, à double face, entouré d'ornements de style rocaille et soutenu par deux lions. Au-dessous de l'écusson le collier de l'ordre de l'Annonciade.
Italie, XVIIIe siècle.

205 — Clef de chambellan en cuivre doré ; dans l'anneau un aigle d'argent surmonté d'une couronne. XVIIIe siècle.

206 — Statuette en bronze représentant un jeune homme debout et nu, la jambe gauche légèrement relevée, le bras droit étendu en avant, il porte les cheveux courts et frisés. Sur les épaules on voit des encoches dans lesquelles s'inséraient des ailes. Socle circulaire posé sur une base rectangulaire à trois gradins.

207 — Statuette en bronze doré, provenant de la décoration d'un meuble et représentant une femme couchée.

208 — Statuette d'ange en bronze doré, vêtu d'une longue tunique.

209 — Vase à deux anses, à panse sphérique, col et pied coniques, en cuivre estampé couvert de zones d'ornements de style antique.

210 — Quatre statuettes d'empereurs romains, en bronze à patine verte.

211 — Sept statuettes de bacchants et de bacchantes dansant.

212 — Cinq têtes de béliers, ornements de meubles.

213 — Quatre statuettes d'enfants assis, en bronze doré du XVIIe siècle.

214 — Quatre flambeaux à douilles côtelées, en argent, supportées par des figurines d'amours en bronze doré, assis sur des trépieds.

215 — Deux appliques à quatre lumières, supportées par des cariatides ailées, bronze doré de l'Empire.

216 — Une applique à deux lumières, de l'époque Louis XV, et deux poignées de porte, formées de croissants entre-croisés, en bronze ciselé et doré.

217 — Coupe en marbre jaune de Sienne, supportée par trois statuettes d'Atlas en bronze, reposant sur un socle rond en même marbre élevé sur plinthe de marbre noir.

218 — Deux lampes juives d'applique et une petite lampe carrée avec crochet de suspension.

219 — Plaquette en bronze représentant la Trinité; un pied de meuble, tête de chérubin, et un bouc qui saute.

220 — Trois petits bronzes : buste de Boileau, sur fût marbre blanc; statuette d'Ève et statuette de Palissy.

ORFÈVRERIE

221 — Châsse rectangulaire en émail champlevé, portée sur quatre pieds. Le couvercle à quatre rampants et la châsse sont décorés de médaillons représentant des anges en bustes, gravés et se détachant sur un fond d'émail. Autour des médaillons, des rinceaux réservés sur fond d'émail bleu lapis.

Limoges, XIIIe siècle.

Haut., 11 cent.; long., 14 cent.

222 — Christ en cuivre battu, émaillé et doré. Il est couronné et vêtu d'un long jupon.

Limoges, XIIIe siècle.

223 — Plaque de cuivre champlevé et émaillé, cintrée par le haut, sur laquelle est gravée une figurine de saint Pierre debout, portant un livre et des clefs. Fragment d'une châsse.

Limoges, XIIIe siècle.

Haut., 12 cent.

224 — Deux croix semblables en cuivre champlevé et émaillé, sur lesquelles sont fixées deux figures du Christ en cuivre.

Limoges, XIIIe siècle.

225 — Navette à encens en cuivre émaillé. Sur le couvercle, deux médaillons renfermant des figures d'anges, gravées et réservées sur fond d'émail. Autour des médaillons, des rinceaux réservés sur fond d'émail bleu lapis.

Limoges, XIIIe siècle.

Long., 19 cent.

226 — Pixide cylindrique à couvercle conique surmonté d'une croix, en émail champlevé sur cuivre, décorée de rosaces et de rinceaux.

Limoges, XIIIe siècle.

227 — Pixide en cuivre champlevé et émaillé, de forme cylindrique, surmontée d'un couvercle conique. La décoration se compose de roses et de rinceaux réservés sur champ d'émail.

Limoges, XIIIe siècle.

228 — Navette à encens en cuivre champlevé et émaillé. Sur le couvercle sont enchâssées des pierres fausses. Le pied manque.

Limoges, XIIIe siècle.

229 — Plaque rectangulaire de bois, recouverte de velours rouge et d'appliques d'argent estampé, représentant des dragons et des feuillages dans le goût du XIIIe siècle. Au centre est enchâssée une plaque de cuivre gravé et doré représentant le Christ mort soutenu dans le tombeau par des anges. D'autres anges portent les instruments de la Passion. Cette plaque est italienne et du XVe siècle.

Haut., 23 cent.; larg., 21 cent.

230 — Reliquaire en cuivre estampé, ciselé et doré, monté sur un pied à six lobes, interrompu par un nœud en forme d'édifice gothique à six pans. La monstrance, également hexagonale, flanquée de contreforts, est surmontée d'un dôme et d'un clocheton ajouré. XVe siècle.

231 — Reliquaire en cuivre doré et argenté, monté sur un pied à six lobes rentrants. Le nœud affecte la forme d'un édifice ajouré à six pans, de même que le reliquaire terminé par un toit conique que surmontent une boule et une croix. xvᵉ siècle.

232 — Monstrance en cuivre doré, placée sur un pied à six lobes muni d'une tige à nœud prismatique. De chaque côté du cylindre de verre, deux contreforts ajourés de style gothique, contrebutant un couronnement surmonté d'un clocheton à quatre faces terminé par un crucifix. xvᵉ siècle.

233 — Croix en argent estampé et en partie doré, à croisillons terminés par des trèfles. D'un côté, on voit le Christ, saint Jean, la Vierge et un ange; de l'autre, le Christ de Majesté à nimbe émaillé et les symboles des évangélistes. Au-dessous du Christ est fixé un petit médaillon d'émail translucide représentant saint Barthélemy. xivᵉ siècle.

234 — Croix processionnelle en cuivre estampé à croisillons terminés en forme de trèfle. D'un côté sont représentés le Christ, avec un nimbe d'émail, la Vierge, saint Jean et un saint; de l'autre, le Christ de Majesté entre deux médaillons de cuivre champlevé et émaillé, représentant la Vierge et saint Jean à mi-corps. Aux extrémités de la croix, les symboles des évangélistes.

Italie, xivᵉ siècle.

235 — Croix processionnelle en cuivre estampé à croisillons terminés en forme de trèfle. D'un côté, on voit le Christ, la Vierge, saint Jean, un ange et Adam sortant du tombeau; de l'autre, le Christ de Majesté et les symboles des évangélistes.

Italie, xivᵉ siècle.

236 — Grande croix processionnelle en argent estampé, repoussé et en partie doré. D'un côté sont appliquées les figures du Christ, de la Vierge, de saint Jean, d'un ange et de l'aigle, symbole de l'évangéliste saint Jean; de l'autre, le Christ de Majesté, le bœuf de saint Luc, le lion

de saint Marc, saint Mathieu et saint Jean. Le nœud sphérique et orné de fleurs et de palmettes porte quatre médaillons gravés sur lesquels on lit : *Ista fecerunt fieri homines de Pratalonga. Ego Falconus de la Vale in Alzano fabrichari anno Domini 1486 die 24 decembris ista † (crux) fuit expleta. Expleta fuit istam tempore D. P. Alexandri de Albino.*
Italie, 1486.

237 — Croix processionnelle en cuivre estampé et doré, à nœud sphérique orné de godrons. D'un côté, on voit le Christ, la Vierge, saint Jean, la Madeleine et un saint, deux anges tenant des calices dans lesquels ils reçoivent le sang du Christ; de l'autre, le Christ de Majesté et les symboles des évangélistes. Les croisillons et les extrémités de la croix sont ornés de grosses boules de métal. xve siècle.

238 — Croix processionnelle en cuivre repoussé et doré, à nœud sphérique orné de chérubins et de bouquets de fruits. D'un côté on voit le Christ, saint Jacques, saint Laurent, saint Jean et un ange; de l'autre, le Christ de Majesté, saint Luc et saint Marc. Ces figures sont rapportées.
Italie, xvie siècle.

239 — Croix processionnelle en cuivre repoussé et doré, à nœud sphérique orné de feuillages; d'un côté on voit le Crucifix, de l'autre le Christ de Majesté. xvie siècle.

240 — Croix processionnelle en argent estampé et doré, représentant d'un côté le Christ, la Vierge, saint Jean et un saint; de l'autre, le Christ de Majesté et les symboles des évangélistes. xve siècle.

241 — Croix processionnelle en cuivre argenté et gravé, ornée de figures d'appliques et de plaques d'émaux champlevés à fond bleu portant des inscriptions. xve siècle.

242 — Croix processionnelle en bronze à nœud sphérique: Christ et médaillons rapportés.

243 — Vase en cuivre doré en forme de tour cylindrique montée sur quatre pieds également en forme de tours, deux carrées et deux cylindriques. Sur le couvercle, bordé d'une enceinte fortifiée, se dresse un rocher que couronne un château fort délicatement exécuté en argent.

Allemagne, xve siècle.

Haut., 23 cent.

244 — Grand baiser de paix en bronze doré enchâssant des plaques d'argent niellé et un émail de Limoges, de l'école des Penicaud, représentant la Résurrection.

245 — Médaillon en argent niellé monté en argent doré, offrant d'un côté le monogramme de Jésus, de l'autre deux bustes d'homme et de femme affrontés.

Italie, xvie siècle.

246 — Cinq autres médaillons en argent niellé, plus petits que le précédent, portant la représentation de l'Agneau mystique, le monogramme du Christ ou des bustes d'hommes et de femmes.

Italie, xvie siècle.

247 — Coupe en cuivre doré et gravé, en forme de gondole godronnée, munie de deux petites anses : arabesques et armoiries accompagnées de la devise : *Simplicitas digna favore*. Étui en cuir gaufré.

Italie, xvie siècle.

248 — Deux petits flambeaux en argent du xviie siècle.

249 — Argent. Statuette d'ange les bras levés, les ailes éployées, debout sur une base lobée décorée de feuillages, portant une inscription et la date 1725.

250 — Panier à anse en argent ciselé et doré, décor imitant une natte de jonc.

251 — Lot composé de sept croix en cuivre, dont six à double croisillon.

252 — Lot composé de quatre croix pectorales, dont trois en argent et une en fer incrusté d'argent.

ÉMAUX

253 — Coffret rectangulaire en cuivre, fermé par un couvercle à quatre rampants, recouvert d'émail bleu, vert, blanc et rouge à dessins d'or.
Venise. Commencement du XVIe siècle.

254 — Plaque d'émail peint sur cuivre, représentant la Salutation angélique. Cadre découpé à jour, en argent doré.
Attribué à Jean III Penicaud.

Haut., 19 cent.; larg., 16 cent.

255 — Deux plaques en émail peint sur cuivre, représentant, l'une, Jésus chassant les vendeurs du Temple, l'autre, le Baiser de Judas.
Limoges, XVIe siècle.

256 — Plaque d'émail peint sur cuivre, représentant *l'Ecce homo*. Contre-émail violet.
Atelier de Nardon Penicaud.
Limoges. Commencement du XVIe siècle.

Haut., 13 cent.

257 — Plaque d'émail peint sur cuivre, représentant Sainte Véronique portant la Sainte Face.
Limoges, XVIe siècle.

258 — Plaque en émail peint sur cuivre, représentant la Sainte Famille.
Limoges, XVIe siècle.

259 — Saint Joseph portant l'Enfant Jésus, plaque d'émail peint sur cuivre, par Noël Laudin.
Limoges, XVIIe siècle.

260 — Le Christ, émail ovale peint sur cuivre, de l'école

des Laudin. Le Sauveur est représenté en buste et de profil à droite.

Limoges, XVIIe siècle.

261 — Trois plaques en émail peint sur cuivre ou translucide sur argent, représentant le Christ, la Vierge et un saint évêque.

VITRAUX ET VERRERIE

262 — Vitrail de forme circulaire, représentant neuf saints couronnés, disposés par groupes de trois. XIIe siècle.

263 — Quatre pièces de verre de Venise incolore : petit vase surmonté d'une croix, deux verres et un vase à large ouverture.

264 — Quatre verres de Venise en verre incolore, à calice à bords renversés.

265 — Quatre verres de Venise en verre incolore, à calice cannelé à bords renversés.

266 — Lot composé de quatre pièces de verre de Venise : un pot, deux bouteilles et un verre à calice rouge.

267 — Lot composé de quatre pièces en verre de Venise : une bouteille aplatie, deux aiguières à panse aplatie et une bouteille à deux anses, à ornements de verre rose.

268 — Deux petits vases en verre incolore de Venise, à panse resserrée.

269 — Deux bouteilles doubles en verre de Venise.

270 — Sept petits vases à couvercle et à panse côtelée, en verre incolore. Travail vénitien.

271 — Lot composé de quatre pièces de verre de Venise : un verre, un vase à large panse, un vase conique muni d'un goulot, une grande coupe à ornements blancs.

272 — Deux burettes en verre, montées en filigrane d'argent, et un plateau en cristal taillé.

273 — Quatre fioles en verre, avec peintures à froid et ornements exécutés à la pince.

274 — Lot composé de onze pièces de cristal gravé et doré : bouteilles, vases, verres, etc.

275 — Deux bouteilles à six pans en cristal gravé, avec ornements en pastillages dorés.

276 — Deux verres en cristal gravé, ornés, sur leur tige, de perles de verre vert.

277 — Grand chandelier et un pistolet en verre incolore.

FAIENCES ET PORCELAINES

278 — Plat en faïence hispano-mauresque, décor à reflets métalliques sur fond d'émail blanc jaunâtre, représentant un écu au lion de Léon, entouré de deux zones de feuilles dentelées.

279 — Plat en faïence de Cafaggiolo, à décor bleu et jaune d'ocre sur fond blanc ; au centre, médaillon représentant une licorne ; au marli, bande d'ornements dans des médaillons ovales.

280 — Gourde formée d'un serpent, décoré en émaux vert, brun et jaune.

281 — Aiguière en casque, décor polychrome, représentant des fruits, faïence de Nove.

282 — Deux vases ovoïdes et à deux anses, s'appuyant sur des mascarons en relief, en faïence de Savone, décor bleu à paysage.

283 — Deux petits porte-bouquets et une corbeille en faïence de Marseille, décor polychrome à fleurs.

284 — Plaque carrée en faïence de Deruta, à reflets métalliques, offrant un blason encadré d'une bande d'entrelacs, à fond bleu.

285 — Deux veilleuses en faïence de Pesaro, décor à fleurs.

286 — Dix pots à crème, couverts, en faïence de Pesaro, décor polychrome à fleurs, avec chiffre A B., et dix soucoupes de même faïence.

287 — Assiette en faïence de Castelli, décor polychrome, paysage.

288 — Coupe godronnée en faïence d'Urbino, à chimères et médaillons, représentant l'Amour sur fond blanc.

289 — Deux cornets cylindriques, en faïence moderne, à fleurs émaillées blanc et vert sur fond bleu.

290 à 292 — Trois pièces de surtout en vieux Saxe, décorées en couleur et rehaussées d'or : 1° Bacchus assis sur un tonneau et enfant emplissant une bouteille ; 2° Déesse assise auprès d'une corbeille de fruits et Enfant à califourchon sur une chèvre ; 3° Figurine d'enfant bacchant qui danse.

293 — Deux tasses à deux anses, avec couvercles et plateaux : décor à médaillons polychromes, figures et fleurs dans le goût chinois et à bandes de rinceaux en dorure. Saxe.

294 — Deux oiseaux au plumage multicolore, perchés sur des arbres à feuilles et fleurs en relief. Saxe.

295 — Deux figurines d'Amour, élevées sur piédestaux ronds, en porcelaine de Capo di Monte.

296 — Figurine de seigneur Louis XIII, en Saxe décorée.

297 — Singe en porcelaine d'Allemagne, grandeur nature, décoré au naturel. Il est assis sur un socle en bois et croque une pomme.

298 — Groupe : Nymphe et Amour.

299 — Bonbonnière sphérique en Saxe, décorée de bouquets peints, et deux petits flambeaux, à fleurettes en relief.

300 — Six petits bustes de porcelaine blanche de Naples, montés sur piédestaux, de cristal incolore taillé.

301 — Figurines en porcelaine blanche de Vienne, de Capo di Monte, en terre émaillée blanc et en Chine émaillé bleu et vert d'eau.

302 — Aiguière et bassin ovale, en ancienne porcelaine de Paris, décorés d'un semis de roses en couleur et d'épis en dorure.

303 — Bouteille en Chine, avec collerette en bronze doré ; petit plateau oblong et cinq tasses même porcelaine.

304 — Coupe à pied, formée de vases et de couvercles en porcelaine du Japon, garnis d'une monture en bronze de l'Empire.

INSTRUMENTS DE MUSIQUE

305 — Curieux clavecin vénitien de la fin du XVIe siècle, décoré intérieurement d'arabesques en dorure et en couleur sur moulures de bois et sur plaquettes de nacre. Il est signé : JOANNIS CELESTINI VENETI. M.D.X.C.III.

306 — Clavecin signé : *Franciscus Debbonis Cortonensis fecit Romæ anno D^ni 1678*, décoré extérieurement de peintures au vernis, guirlandes de fleurs et de feuilles sur fond blanc, et, intérieurement, d'une vue de port de mer. Il repose sur un socle en bois sculpté, peint et doré, à rocailles et fleurs.

307 — Pochette italienne portant l'étiquette : *Henrico Cattir... in Torino 1656.*

308 — Deux petites mandolines à roses ajourées, bordées d'incrustations de nacre : manches et chevillers plaqués d'écaille.

309 — Petite mandoline napolitaine incrustée de nacre et d'ivoire, et à cheviller plaqué d'écaille ; elle porte l'étiquette de *Gaetano Vinaccia Neapoli, 1752.*

310 — Guitare italienne incrustée de verroteries, de gouttes d'émail et de petites mosaïques. L'ouïe est garnie d'une rose à degrés en bois ajouré.

311 — Petite mandoline à corps côtelé incrusté de filets d'ivoire : manche incrusté de nacre et cheviller en os gravé. Étiquette : *Benedetto Sualzatta Roma, 1726.*

312 — Guitare italienne à caisse côtelée, décorée d'incrustations de nacre et d'ivoire. XVIIe siècle.

313 — Archiluth à rose ajourée. Époque Louis XIII.

314 — Archiluth, rose ajourée, manche coudé à double cheviller ; la caisse incrustée de filets noirs.

315 — Petite harpe italienne.

316 — Épinette du XVIIe siècle, à décor d'oiseaux et d'arabesques en couleur et en dorure sur fond brun : un dessus et un panneau d'épinette de même décor.

317 — Petite épinette du XVIIe siècle, à pourtour en bois sculpté, décorée de festons de laurier.

318 — Vielle bordée de filets en mosaïque d'ébène et d'ivoire.

319 — Serpent d'église en bois sculpté et peint.

DIVERS

320 — Beau missel romain, imprimé par Jacques Kerver (Paris, 1583) et richement enluminé pour le seigneur des Alymes, ambassadeur du duc de Savoie, par Guillaume

Richardière, ainsi que l'indique la note suivante, écrite en lettres d'or, sur fond d'azur, au premier feuillet : *Je, Guillaume Richardierre, ay faict l'enluminure du present missal par le commandement de Monsr des Alymes, ambassadeur de Monseigneur le duc de Savoye en France, lequel l'ay acheré en cinq mois, aidé de deux compagnons, sans faire autre besoingne. Le dict seigneur m'a donné pour mes peines et sellon le marché faict pour l'enluminure seulement, cent quarante escus d'or soleil : la relieure a cousté quinze escus soleil ; le missal en blanc trois escus soleil ; en tout monte cent cinquante huict escus. Faict à Paris, le premier aoust 1586.*

Riche reliure en maroquin brun, rouge et vert, à compartiments, avec les armes du seigneur des Alymes. Boite en velours rouge, à clous de cuivre.

321 — Grand médaillon en plomb, portant les armes du pape Paul II, et la devise : PAULUS VENETUS PAPA SECUNDUS SUIS IMPENSIS FIERI FECIT ANNO CRISTI M.CCCC.LXVII. XVe siècle.

Diam., 36 cent.

322 — Médaillon à double face, en verre églomisé, représentant, d'un côté, un saint moine ; de l'autre, la tête du Christ, nimbé. Monture en cuivre.

Italie, XVe siècle.

323 — Quatre dossiers de fauteuil en cuir, à ornements frappés en or ; deux portent des armoiries peintes.

324 — Petit verre en cristal de roche gravé, monté en filigrane d'argent doré. Le culot est godronné, et sur le bord sont gravés des animaux et des arbres.

325 — Lot composé d'une assiette en émail peint et de deux nielles représentant la Résurrection et la Descente du Christ aux limbes.

326 — Lot composé d'un tableau en pâte dorée, représentant la Crucifixion, et de deux statuettes en bois, représentant la Vierge portant l'Enfant Jésus et un évêque.

327 — Lot composé de sept planches en bois gravées : armoiries, frises d'ornements et sujets de piété.

328 — Petit bénitier à coupe de métal godronné, adaptée à un cadre d'ébène incrusté de pierres dures et contenant une peinture sur nacre : la Sainte Face.

329 — Vase formé d'une noix de coco garnie d'une monture à pied et couvercle en cuivre gravé ; le couvercle est surmonté d'une figurine de guerrier. Époque Louis XIII.

330 — Deux petits bustes à têtes en marbre jaune et chlamydes en albâtre, un petit plat en cuivre et un cadre d'écaille.

331 — Dix pièces : petit soulier d'enfant en cuir, mules et babouches brodées, chaussures chinoises.

332 — Mouchettes en fer, chien en ivoire sur plinthe de granit gris et monture de vase en cuivre.

333 — Cage d'oiseaux.

334 — Cartonnage, bas-relief représentant un enlèvement, dans un cadre en velours.

335 — Miroir vénitien.

336 — Petit modèle de chaise en bois doré, couverte en velours de plusieurs couleurs. Époque Louis XV.

337 — Petit modèle de fauteuil Louis XIII, couvert en étoffe rouge.

338 — Petit modèle de table-console Louis XVI, en bois doré.

339 — Petite coupe et deux vases Médicis, en spath-fluor.

340 — Miniature sur parchemin du XIVe siècle, majuscule ornée renfermant deux sujets du Nouveau Testament. Cadre verre et cuivre.

341 — Bas-relief en cire polychrome : Apollon et Daphné, dans un cadre bois noirci, garni d'ornements de rapport sculptés.

342 — Plateau circulaire en bois doré, orné d'une gravure coloriée. XVIIIe siècle.

TABLEAUX

SNYDERS (François)

Suite de quatre belles peintures décoratives, d'une facture magistrale et d'un coloris vigoureux et argentin plein d'harmonie.

343 — *Une Poissonnerie.*

Des poissons de mer d'espèces et de dimensions variées posés les uns sur les autres s'étalent sur une grande table de bois derrière laquelle apparait le marchand, un joyeux compère, coiffé d'un bonnet bleu, vêtu d'une veste grise, qui montre en riant une énorme raie qu'il tient des deux mains.

Haut., 1 m. 20 cent.; larg., 1 m. 85 cent.

344 — *Chiens et Sanglier.*

Un solitaire, forcé par la meute, s'est arrêté entre les arbres. Un chien de chasse, éventré, gît sur le dos. Un grand lévrier, blessé, lève la tête en hurlant de douleur.

Haut., 1 m. 20 cent.; larg., 1 m. 85 cent.

345 — *Combat de chiens.*

Deux gros chiens de boucher, à poils fauve et blanc, se disputent les dépouilles d'un bœuf, éparses sur le sol, où se voit aussi un couperet. Un bouquet de roses dans un vase de cristal est posé sur l'appui d'une niche, au fond de la pièce.

Haut., 1 m. 20 cent.; larg., 1 m. 85 cent.

346 — *Oiseaux aquatiques.*

Cygnes, canards, échassiers et autres oiseaux, sur le bord d'un fleuve.

Haut., 1 m. 20 cent.; larg., 1 m. 85 cent.

LONGHI (PIETRO), de Venise.

347 à 352 — Douze tableaux représentant des sujets de genre et des scènes d'intérieur, empruntés aux coutumes vénitiennes, du temps de Louis XV.

ÉCOLE ITALIENNE

353 — La Vierge et l'Enfant Jésus. Fond de paysage. École vénitienne du XVe siècle.

354 — Fragment de coffre représentant des cavaliers et une Sainte Femme s'entretenant avec un prince ; de chaque côté, des aigles en relief, en pâte dorée. École vénitienne du XVe siècle.

355 — Tableau d'autel divisé en cinq compartiments : la Vierge, l'Enfant Jésus et quatre saints. École de Cimabue.

356 — Petit portrait d'homme, de trois quarts, en buste, de l'école de *Carpaccio.*

357 — Plusieurs petits portraits, peints à l'huile sur cuivre et sur panneaux, dans des cadres sculptés.

358 — Quatre petits tableaux peints sur cuivre et de forme ovale, représentant des bouquets de fleurs. Cadres sculptés.

359 — Panneau en hauteur représentant saint Georges.

360 — Seigneur et dame en costume Louis XIII, dans un parc, peinture sur marbre dans un cadre sculpté.

361 — Quatre tableaux : trois portraits de femme et un por-

trait d'homme de l'époque Louis XIV, avec cadres sculptés et découpés à jour.

362 — Portrait de femme, robe blanche bordée de guipure et écharpe rouge.

363 — Portrait de femme en costume de veuve.

364 — Deux portraits dans le même cadre.

365 — Panneau représentant un écusson armorié et deux panneaux byzantins, figures de saints.

366 — Deux figures de saints, découpées et peintes à l'huile, et une gouache représentant Diane à la chasse.

367 — Panneau convexe, peint à l'huile et représentant un sujet mythologique, dans un cadre italien, bois doré.

368 — Peinture byzantine : Vierge et Enfant Jésus dans un cadre sculpté à jour.

COFFRETS EN CUIR, BOIS PEINT, PATE PAILLE, ETC.

369 — Coffret rectangulaire en bois, à couvercle plat, décoré de pastillages recouverts de peinture. Sur le devant, est deux fois représenté l'Agneau mystique; à l'une des extrémités, on voit l'ange, symbole de saint Mathieu; à l'autre, un homme à tête de bœuf, symbole de saint Luc. XIIe ou XIIIe siècle.

370 — Coffret en bois en forme de châsse, reposant sur quatre pieds cylindriques surélevés. Le couvercle est à quatre rampants. Toutes les faces de ce coffret sont ornées de rinceaux, d'animaux et d'entrelacs découpés à jour.

Peinture moderne.

Travail italien. XIIIe siècle.

Haut., 28 cent.; larg., 22 cent.; long., 37 cent.

371 — Coffret en cuir noir estampé et gravé. De forme barlongue, il est muni d'un couvercle à quatre rampants, retenu par des frettes de fer, dont l'une forme le moraillon. Toute sa surface est ornée de compartiments renfermant des feuillages, des animaux ou des écussons barrés. Dessous, une fleur à quatre pétales et l'inscription : *Magister Americus de Arzago fecit.*
Italie, XIVe siècle.

Haut., 90 millim.; long., 22 cent.; larg., 105 millim.

372 — Coffrot de forme barlongue, à couvercle à quatre rampants, recouvert de cuir estampé et peint. Sur le flanc et sur le couvercle, sont représentées des femmes debout ou assises, séparées par des arbres.
Italie, XIVe siècle.

373 — Coffret rectangulaire, à couvercle plat en cuir gaufré et estampé, muni d'une serrure et de frettes de fer; la décoration consiste en rinceaux de feuillages qui portent des traces de dorure. XIVe siècle.

374 — Coffret en bois peint, de forme barlongue, à couvercle en forme de toiture à quatre rampants. Dans des cavités en forme d'écussons, ménagées sur toutes ses faces, sont peintes environ quatre-vingts armoiries.
Italie, XIVe siècle.

375 — Coffret en bois, de forme hexagonale, recouvert de peintures. Le couvercle, à six pans, est de forme conique. Il est décoré, comme le coffret, d'animaux, cygnes et lions placés dans des compartiments et accompagnés de banderoles sur lesquelles on voit encore des traces d'inscription; sur l'un des côtés, deux écussons effacés.
Italie, XIVe siècle.

Haut., 33 cent.; diam., 32 cent.

376 — Coffret en bois, de forme hexagonale, recouvert de peintures et de dorure. Le couvercle, à six pans, est de forme conique. Sur le coffret, dans des médaillons entourés d'ornements gaufrés, sont peints des amours.

Sur le couvercle, sont représentés des dames et des seigneurs. Une figure de Vénus est peinte près de l'entrée de la serrure.

Italie, XIVe siècle.

Haut., 27 cent.; diam., 36 cent.

377 — Coffret en bois, de forme barlongue, recouvert de toile estampée et peinte. Sur le couvercle, de forme prismatique, et sur les flancs, sont peints, dans des compartiments, des hommes debout, des bustes de femmes et des dragons.

Italie, XIVe siècle.

Haut., 23 cent.; larg., 16 cent.; long., 40 cent.

378 — Coffret en bois peint, de forme barlongue, à couvercle en forme de toiture, à quatre rampants. Sur la peinture, sont exécutés au pointillé des compartiments d'ornements.

Italie, XIVe siècle.

379 — Coffret en bois doré, de forme cylindrique, à couvercle plat entièrement recouvert de rinceaux en relief entourant des médaillons vides.

Italie, XVe siècle.

380 — Grand coffret en bois doré et peint, de forme barlongue, à couvercle prismatique ; la partie antérieure du coffre est ajourée et porte le monogramme de Jésus entre deux rosaces de style gothique.

Italie, XVe siècle.

381 — Coffret rectangulaire à couvercle plat, orné de personnages et de feuillages exécutés en pâte blanche sur fond doré. D'un côté, on voit le Triomphe de la Renommée ; de l'autre, le Triomphe du Temps. Aux extrémités, des vaisseaux et une vue de ville.

Italie, XVe siècle.

Haut., 9 cent.; larg., 10 cent.; long., 16 cent.

382 — Coffret en bois peint en rouge, de forme barlongue, à couvercle plat. Il est muni de frettes et d'une serrure

en cuivre ; des étoiles sont clouées entre les frettes. xve siècle.

383 — Coffret rectangulaire à couvercle plat, en cuir noir gravé. Les ornements consistent en feuillages entourant des oiseaux et têtes d'animaux fantastiques. Sur le couvercle et sur les côtés, des frettes en fer terminées par des marguerites. xve siècle.

384 — Grand coffret en cuir noir gravé, de forme barlongue, à couvercle prismatique. La poignée et la serrure sont en fer, ainsi que les frettes qui entourent tout le coffret. Décor de rinceaux. xve siècle.

Haut., 22 cent.; larg., 21 cent ; long., 40 cent.

385 — Coffret rectangulaire à couvercle bombé, orné sur toutes ses faces de personnages, hommes et femmes, exécutés en pastillages et dorés. Tous ces personnages portent le costume du xve siècle. A la partie inférieure, le monogramme de Jésus et les lettres R. P. S.
Italie, xve siècle.

Haut., 19 cent.; larg., 18 cent.; long., 28 cent.

386 — Coffret en bois recouvert de velours vert. De forme barlongue, à couvercle bombé, il est orné de frettes de fer terminées par des coquilles et bordé de plaques de fer crénelées et ajourées de style gothique. Serrure à double moraillon en fer forgé. xve siècle.

Haut., 22 cent.; long., 42 cent.; larg., 25 cent.

387 — Coffret en bois de forme barlongue, à couvercle plat, orné, à sa partie antérieure, d'un cerf et d'un chien gravés.
Italie, xve siècle.

388 — Coffret en bois de forme barlongue, à couvercle plat, orné d'oiseaux et de feuillages gravés.
Italie, xve siècle.

389 — Coffret de forme barlongue, à couvercle bombé, en bois sculpté. Sur les grands côtés et sur le couvercle sont représentés des oiseaux affrontés et des griffons.
Travail italien.

390 — Châsse en bois sculpté et doré, décorée sur toutes ses faces d'ornements d'architecture de style gothique, découpés à jour, appliqués sur un fond diversement coloré.

Italie, xve siècle.

Haut., 29 cent.; larg., 21 cent.; long., 35 cent.

391 — Coffre en bois de forme barlongue, à couvercle bombé. Il est entièrement recouvert de plaques de fer estampé. Le moraillon de la serrure affecte la forme d'un dragon. xve siècle.

392 — Lot composé de deux coffrets en bois, recouverts de sujets exécutés en pâte blanche sur fond doré. Les couvercles de ces deux coffrets manquent.

Italie. Fin du xve siècle.

393 — Cinq plaques provenant de coffrets; elles sont recouvertes d'ornements en pâte blanche recouverte d'une feuille d'argent et représentent des amours ou des vases de fleurs : un dieu marin et un dauphin, deux médaillons d'hommes, peut-être Savonarole, entourés d'inscriptions et soutenus par des dragons. Près de ces médaillons on voit le monogramme : IA. FE.

Italie. Fin du xve siècle.

394 — Curieux coffre rectangulaire du xvie siècle, revêtu de cuir gravé à décor d'arabesques, et garni de pentures en fer, avec double serrure à contreforts et clochetons et moraillon médian.

395 — Coffret en bois peint, de forme barlongue, à couvercle et devant bombé, posé sur quatre pieds en forme de boules aplaties.

Italie, xvie siècle.

396 — Coffret rectangulaire en cuir gravé et doré, à couvercle plat. Sur le couvercle et sur les côtés sont représentés plusieurs sujets empruntés à la parabole de l'Enfant prodigue, des rinceaux et des médaillons contenant des bustes de femmes. xvie siècle.

Haut., 12 cent.; long., 24 cent.; larg., 16 cent.

397 — Petit coffret en cuir noir tout uni, à couvercle légèrement bombé, muni de bandes de fer. XVIe siècle.

398 — Coffret en bois de forme barlongue, à couvercle bombé, décoré d'ornements en paille. Sur le devant, on voit Daniel dans la fosse aux lions, dans un médaillon ovale. XVIIe siècle.

399 — Coffret Louis XIII, revêtu de feuilles de cuivre étampé, à motifs de fruits et renforcé de bandes rivées par des clous à têtes en étoiles et têtes rondes.

400 — Trois coffrets de toilette vénitiens de l'époque Louis XV, décorés de peintures au vernis, fleurs et figures : l'un contient un miroir, diverses petites boites, étuis, brosses, pelote, etc.

401 — Quatre coffrets à ouvrage, bois doré, gravé et décoré de fleurs peintes. XVIIIe siècle.

402 — Boite à ouvrage, de forme contournée, en palissandre et marqueterie, avec glace à la face interne du couvercle et tiroirs à l'intérieur. Époque Louis XIV.

403 — Coffret à tiroirs en cuir gravé et doré, de l'époque Louis XIII. Le dessus est muni d'un miroir que recouvrent deux vantaux à charnières et fermoir de cuivre.

404 — Écrin en maroquin doré au petit fer et portant une armoirie de cardinal. XVIIe siècle.

405 — Coffre rectangulaire en bois sculpté à godrons, moulures ornées et décor de rinceaux. Pieds-griffes de lion : couvercle à cartouche armorié.

406 — Boite rectangulaire à couvercle plat en bois peint en blanc, recouvert de fleurs et d'oiseaux, exécutés en paille colorée. XVIIIe siècle.

407 — Grand coffret à pans coupés, décorés d'ornements en pâte dorée, représentant des feuillages; sur le couvercle, une gravure coloriée représentant les Noces de Cana. A l'intérieur, des personnages en costumes Louis XV, découpés dans des gravures et coloriés. XVIIIe siècle.

COFFRES DE MARIAGE

TABERNACLES ET CADRES DE LA RENAISSANCE ITALIENNE

408 — Grand coffre de mariage en bois sculpté et doré avec ornements en stuc ; sur le devant, dans quatre compartiments, des sujets peints empruntés à l'histoire de la guerre de Troie, parmi lesquels on distingue l'Enlèvement d'Hélène.

Italie, xve siècle.

409 — Grand coffre en bois sculpté, porté sur des pieds en forme de griffes de lion. Sur le devant, des enfants soutenant des festons et un écusson. Aux extrémités, des femmes et des dieux marins.

Italie, xvie siècle.

410 — Grand coffre de mariage en bois orné de personnages en stuc peint et doré, disposés en trois compartiments. Sur la frise qui entoure le devant du coffre, des animaux en relief. xve siècle.

411 — Grand coffre en bois, orné sur sa partie antérieure de quatre compartiments, d'ornements sculptés de style gothique.

Le couvercle manque. xve siècle.

412 — Grand coffre de mariage en bois sculpté, à couvercle plat. Sur le devant, deux écussons d'armoiries entourés de rinceaux et d'oiseaux. Parmi les armoiries on distingue celles de la famille Borgia.

Italie. Commencement du xvie siècle.

413 — Grand et beau coffre de mariage en bois sculpté, peint et doré, orné aux angles de colonnettes et sur le devant de dragons et de feuillages accompagnant un écusson d'armoiries soutenu par deux enfants. Sur le couvercle, décoré d'incrustations de bois, on lit l'inscription : *Que nupta ad carum tulit maritum.*

Italie, xvie siècle.

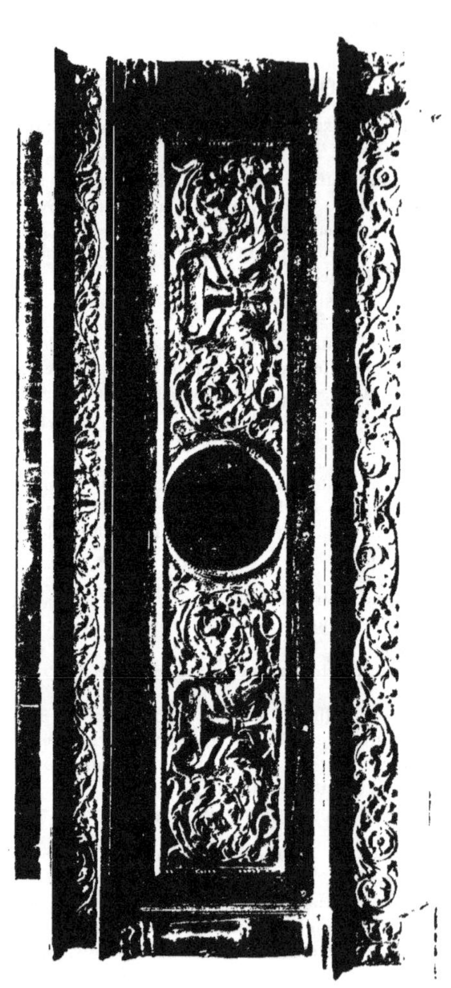

414 — Grand coffre de mariage en bois sculpté et doré, porté sur quatre pieds en forme de griffes de lion. Aux angles, des figures de femmes. Sur le devant, deux Renommées soutenant un écusson ovale, et à droite et à gauche deux sujets sculptés. XVIe siècle.

415 — Un autre coffre analogue au précédent.

416 — Grand coffre de mariage, recouvert de feuillages en stuc doré. Aux extrémités, deux écussons; sur l'un d'eux, les armes des Piccolomini, d'or à la croix d'azur chargé de cinq croissants d'or. XVe siècle.

417 — Grand coffre en bois, orné de compartiments en stuc doré séparés par des têtes d'hommes et renfermant des figures d'animaux et des lions soutenant des armoiries.
Italie, XVe siècle.

418 — Devant de coffre en bois sculpté, orné de rosaces et de bandes d'ornements. Aux extrémités sont sculptées deux fois les armoiries de la famille Orsini.
Italie, XIVe ou XVe siècle.

419 — Devant de coffre recouvert d'ornements en pâte dorée, représentant un tournoi. Aux extrémités, des anges portant des écussons.
Italie, XVe siècle.

420 — Devant de coffre, orné de quatre panneaux sculptés de style gothique, séparés par des bandes d'ornements incrustés de feuillages de chêne. XVe siècle.

421 — Devant de coffre recouvert d'ornements en pâte peints et dorés, représentant des dragons affrontés, séparés par des rinceaux encadrant des personnages.
Italie, XVe siècle.

422 — Devant de coffre orné de peintures représentant l'histoire de Lucrèce; bordure en pastillages, ornée de lions et de fleurs de lis.
Italie, XVe siècle.

423 — Devant de coffre en cuir, orné de clous, de fleurs de lis, de lions et de couronnes en cuivre. Cadre en bois noir sculpté. xvie siècle.

424 — Devant de coffre en bois, recouvert d'ornements gravés. Aux extrémités, des enfants de haut-relief, montés sur des lions.

Italie, xvie siècle.

425 — Cadre italien de la Renaissance, à pilastres et fronton, décoré de candélabres et d'arabesques, peints en grisaille sur fond noir et offrant à la traverse inférieure trois petites peintures : le Christ, la Vierge et l'ange Gabriel. xve siècle.

426 — Tabernacle en bois doré. Il affecte la forme d'un monument hexagonal porté sur un pied élevé et surmonté d'une coupole : sur la porte et les panneaux latéraux sont peints le Christ, deux anges et les instruments de la Passion.

Italie, xvie siècle.

427 — Tabernacle en bois doré, en forme de monument circulaire, surmonté d'une coupole. Tout autour du monument sont peints des anges et des saints.

Italie, fin du xve siècle.

428 — Tabernacle en bois doré, en forme de monument rectangulaire, surmonté de frontons et d'une coupole à six pans.

Italie, xvie siècle.

MEUBLES DES XVIIe ET XVIIIe SIÈCLES

429 — Commode du temps de Louis XV, contournée, en bois de palissandre, richement garnie de cuivres dorés, tels que bordures d'encadrement ajourées en manière de chaînes à rosaces, entrées de serrures, sabots, etc. Dessus en albâtre oriental, bordé d'une moulure en bronze.

430 — Commode du temps de Louis XV, plaquée de cerisier, garnie de cuivres ciselés et dorés ; rocailles et festons de fleurs sur les angles, bandes de grecques ajourées comme encadrement des tiroirs, etc. Dessus en marbre jaune de Sienne, bordé de bronze.

431-432 — Deux petites commodes, de même modèle et de même ornementation que celle qui précède.

433 — Table du temps de Louis XVI, en bois de placage, à ceinture décorée en marqueterie de cuivre et d'écaille, et à dessus représentant trois vases de fleurs en marqueterie de bois clairs, sur fond de nacre à imbrications ; galerie en cuivre ajouré.

434 — Petit cabinet Louis XIII, à deux vantaux, en ébène incrusté de filets d'ivoire ; l'intérieur a l'aspect d'un portique à colonnettes, enrichi d'incrustation de lapis et de marbres rares.

435 — Cabinet Louis XIII, à abattant, plaqué d'ébène et incrusté de plaquettes, de bandes et de médaillons en ivoire gravé, sujets à personnages, portraits, fleurs, etc.

436 — Horloge ancienne, à gaine vitrée, en bois laqué, à décor en dorure sur fond noir dans le goût chinois, mouvement anglais.

437 — Cabinet italien Louis XIII, à porte et tiroirs plaqués d'ébène et garni d'appliques en bronze.

438 — Cabinet italien Louis XIII, plaqué d'ébène, à porte monumentale, décorée de colonnes torses à bases et chapiteaux de bronze, et tiroirs superposés de chaque côté.

439 — Baromètre-thermomètre de forme Louis XV, en bois noir, garni de bronzes.

440 — Petit cabinet Louis XIII, offrant sur les tiroirs et sur les deux faces des vantaux qui les recouvrent, des bas-

reliefs en bois sculpté et polychromé, représentant des dames et des seigneurs en costume du temps.

441 — Commode-bureau Louis XV, à profils mouvementés, en bois satiné, garni de cuivres rocailles, chutes, entrées, poignées.

442 — Grand bureau à tiroirs, de l'époque Louis XIII, en marqueterie de bois, à décor de rinceaux, de fleurs, d'animaux et de perroquets sur champ d'ébène. Il repose sur huit pieds carrés, reliés par une entretoise.

443 — Cabinet Louis XIII, plaqué d'ébène et à tiroirs revêtus de mosaïques en pierres dures de Florence, représentant des perroquets et encadrés de moulures guillochées. Il repose sur sa table-console.

444 — Console supportée par quatre colonnes torses, posées sur une base pleine, décorée de statuettes de guerriers.

445 — Prie-Dieu Louis XIII, à colonnes torses, porte pleine et tiroir.

446 — Cadre d'aspect monumental, à fronton entrecoupé, plaqué d'ébène et garni d'appliques en bronze doré.

447 — Pendule religieuse du XVIIe siècle, à montants décorés de gaines en ressaut : elle est garnie d'appliques en bronze.

448 — Petite pendule religieuse, vitrée sur la face et les côtés, surmontée d'une poignée et garnie d'appliques en bronze. XVIIe siècle.

449 — Dressoir en bois sculpté, dont la partie antérieure est divisée en trois panneaux, deux des panneaux formant les portes, sur lesquels sont sculptés en bas-relief : une Sainte, Adam et Ève.

450 — Grand meuble à deux corps, en bois sculpté et doré dans le style du XVIe siècle.

451 — Quatre fauteuils italiens Louis XVI, en bois doré, couverts en étoffe rouge.

452 — Huit bois de fauteuils dorés, Louis XVI.

453 — Huit fauteuils Louis XV, en noyer.

454 — Grand fauteuil Louis XV, en bois sculpté et doré, à rocailles et feuillages, couvert en tapisserie au petit point, à figures mythologiques et animaux.

455 — Canapé Louis XV, bois doré, recouvert en soie bleue brochée à fleurs.

456 — Canapé Louis XV, bois doré.

MEUBLES, BOIS SCULPTÉS ET DORÉS

457 — Grand cabinet scriban vénitien de l'époque Louis XV, à riche décor de médaillons à paysages, architecture et figures, en couleur et rehaussé d'or avec moulures d'encadrement et ornements sculptés et dorés. La partie supérieure ouvre à deux portes garnies de glaces étamées, et l'intérieur renferme de nombreux tiroirs et réduits décorés comme l'intérieur du meuble. Le milieu, à abattant, forme bureau, et la partie inférieure est disposée en manière de commode à tiroirs superposés.
Collection de M. d'Épinay.

458 — Grand meuble vénitien de l'époque Louis XV, de même disposition que le précédent et d'un décor analogue.

459 — Deux petits miroirs Louis XV à encadrements, décorés en couleur et dorés.

460 — Miroir de toilette avec base à tiroirs, décor en couleur et dorure, époque Louis XV.

461 — Deux consoles italiennes Louis XV en bois sculpté et doré, de forme contournée, à rocailles et feuillages.

462 — Table italienne Louis XV en bois sculpté et doré, ceinture ajourée à rinceaux, mascarons et draperies, pieds contournés, reliés par une entretoise.

463 — Quatre colonnes italiennes du XVe siècle, formant chandeliers, à décor d'ornements sculptés et en pâte; elles sont peintes, gravées et dorées.

464 — Deux chandeliers Louis XIII, bois doré, formés de colonnes torses à chapiteaux corinthiens.

465 — Six miroirs-appliques avec encadrements sculptés et dorés. Époque Louis XIV.

466 — Quatre miroirs-appliques, Louis XV, à couronnement ajouré.

467 — Lutrin pliant en forme d'X, en bois sculpté, blanc et or, avec carré de velours rouge.
Italie, XVIIe siècle.

468 — Console Louis XV, en bois sculpté et peint en blanc, à décor de rocailles, de fleurs et de feuillages.

469 — Deux chandeliers d'église, à tiges triangulaires, en bois sculpté et argenté. Époque Louis XIII.

470 — Porte Renaissance composée de huit caissons sculptés à mascarons, têtes de satyres, sirènes, dauphins, etc.

471 — Petit coffre Louis XIII à cariatides d'angles, cartouche armorié et pieds en volutes.

472 — Petit coffre en bois, à rinceaux et animaux champlevés.

473 — Deux aiguières à mascarons, cariatides et feuillages, élevées sur socles à guirlandes et rinceaux. Bois sculpté, doré et argenté.
Italie, XVIe siècle.

474 — Deux lanternes en forme d'édifice hexagone, à toiture dômée, en bois peint et doré.
Italie, XVIIe siècle.

475 — Lutrin en bois sculpté et argenté, à décor de rocailles, de feuilles et de fleurs.
Italie, XVIIe siècle.

476 — Glace dans un cadre Louis XV, blanc et or.

477 — Glace dans un encadrement Louis XV, à rocailles et festons de fleurs, en couleur et or, surmonté d'une glace médaillon dans une couronne de fleurs.

478 — Glace avec encadrement à festons de fleurs et ornements sculptés et rehaussés de couleur et d'or sur fond bleu.
Italie, XVIIIe siècle.

479 — Coffre bois sculpté, à rosaces et moulures à oves.

480 — Toilette Louis XV en forme de console, à ornements en relief; stuc doré et peint.

481 — Reliquaire en bois sculpté et doré, composé de rinceaux, de feuilles et de fleurs, XVIIe siècle.

482 — Petit bénitier en bois doré et un petit berceau du XVIIe siècle.

483 — Écusson en bois sculpté, entouré de feuillages et surmonté d'une couronne; l'écusson porte une montagne, sommée d'une croix accompagnée de trois étoiles.
XVIIe siècle.

484 — Écusson aux armes d'un pape, bois peint et doré; deux autres aux armes de cardinaux, soutenus par des enfants.

485 — Écusson ovale en bois sculpté, entouré de rayons et supporté par deux anges; au-dessus, un fronton demi-circulaire, avec une tête de chérubin au centre.
Italie, XVIIe siècle.

486 — Lot composé de deux écussons d'armoiries en bois sculpté. L'un est accosté de deux figures d'enfants ter-

minés par des feuillages ; l'autre est surmonté d'un casque fermé. XVIIe siècle.

487 — Panneau en bois sculpté, représentant un profil d'homme casqué dans un médaillon et deux couronnements en bois doré : anges soutenant une couronne et un médaillon.

488 — Quatre colonnes en bois doré, supportant quatre figures de soldats en haut-relief. Au pied des colonnes, quatre autres soldats assis.
Travail italien.

489 — Lot composé d'une figure d'apôtre debout et de deux anges porte-lumière en bois doré

490 — Deux paires de bras en bois sculpté et doré.
Travail italien.

491 — Panneau en bois incrusté de rinceaux, d'oiseaux et de fleurs en bois de couleur.

492 — Deux grandes torchères, quatre chandeliers, quatre pommes de couronnement en bois doré.

493 — Lot composé d'un aigle en bois doré et d'un bois de lit également doré.

494 — Quatre pièces en bois sculpté, deux pilastres et deux corniches.

495 — Lot de fragments en bois sculpté : feuillages, volutes, etc.

496 — Deux bras en bois sculpté et doré, de style Louis XIV.

497 — Trumeau tendu de velours et à cadre contourné en bois doré.

498 — Grand cadre en arcade à feuilles d'eau et perle, surmonté d'une console.

499 — Panneau de boiserie en bois sculpté et doré, à bas-reliefs, compositions mythologiques et statuettes en haut-relief.
Italie, XVIIe siècle.

500 — Cadre en ovale, bois peint et doré.

ÉTOFFES

COSTUMES — CHASUBLES

501 — Deux tabars (cottes de hérauts d'armes), en velours italien du XVIe siècle, d'un magnifique décor qui consiste en panoplies d'armes et d'armures, se détachant en grenat sur un fond blanc, autrefois lamé argent. Les étendards et le fermail du ceinturon portent l'aigle de l'Empire.

502 — Belle chasuble de satin violet, couverte de rinceaux et d'entrelacs en broderie de fils dorés et garni d'un orfroi, à fleurs et arabesques rehaussées de soies polychromes. Elle porte les armoiries du cardinal Colonna, et est accompagnée de l'étole et du manipule.

503 — Petit pourpoint tailladé en soie, à décor de fleurons et de petits rinceaux brochés, en rose sur fond blanc, avec riche bordure en broderie de soie rose et petits passements de même couleur.

504 — Habit et gilet de l'époque Louis XIV, en épais drap blanc, richement décoré de broderie de soie blanche au passé.

505 — Ancien chapeau de cardinal, en feutre rouge avec cordelières et glands de soie, même ton.

506 — Costume de l'époque Louis XV, en velours cramoisi, épinglé à raies : habit à gros boutons ornés de rosaces, en canetille d'argent sur paillons ; culotte à petits boutons semblables à ceux de l'habit, elle est garnie d'une

jarretière en galon tissé et lamé d'argent doré ; gilet à festons sur le bord, enrichis de broderie de perles de verre incolore.

507 — Costume complet de l'époque Louis XV, en drap brun, bordé de festons de fleurs, brodés en soie de couleurs : habit, gilet, culotte.

508 — Habit Louis XVI, en velours à imbrication noir et marron sur fond blanc.

509 — Habit Louis XV, en drap noir richement brodé de festons de fleurs en soies multicolores.

510 — Habit Louis XV, en taffetas de soie brun, à raies violettes, richement brodé de festons de fleurs et de dentelles en soies de toutes couleurs, et un gilet de taffetas blanc, à broderies pareilles.

511 — Gilet Louis XVI, en taffetas de soie blanche, à broderie de fleurs en soies de couleur.

512 — Gilet Louis XVI, satin blanc avec broderies de couleurs : gilet en taffetas blanc avec broderie de soie blanche ; gilet Louis XVI, en satin blanc imprimé, garni de boutons revêtus de paillettes métalliques.

513 — Gilet Louis XIV, en brocart d'or.

514 — Habit en soie, à raies violettes sur fond vert bronze.

515 — Chasuble de beau velours vénitien du XVIe siècle, couleur grenat, à touffes de feuilles tissées en argent.

516 — Chasuble de velours de Gênes, à petits ornements verts, avec boucles et peluches sur fond jaune.

517 — Chasuble en brocatelle du XVIe siècle, à dessins rouges sur fond jaune, bordée de galons d'argent.

518 — Chasuble en brocatelle du XVIe siècle, à plusieurs couleurs avec bande tissée jaune et rouge, d'un beau dessin à médaillons, représentant le Christ.

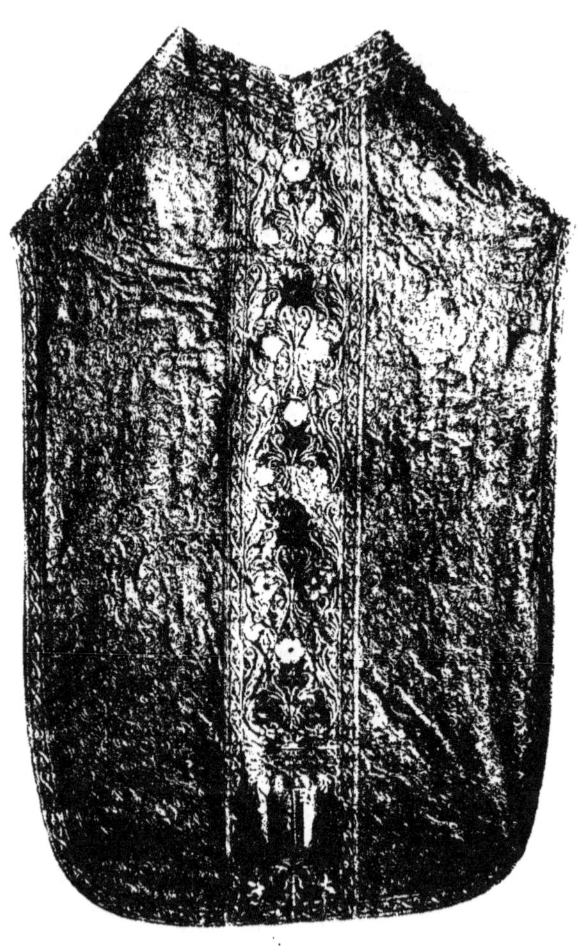

519 — Chasuble de brocatelle italienne du XVIe siècle, à vases de fleurs, feuilles et couronnes fleuronnées, vert et jaune sur gris d'argent.

520 — Chasuble de satin blanc, à festons de fleurs et armoirie d'un cardinal, en broderie de soie de couleur, rehaussée d'or. Elle est bordée d'un galon doré.

521 — Chasuble en velours vénitien du XVIe siècle, fond violet, à dessin ciselé de style oriental. Bande de velours brun.

522 — Chasuble d'ancien brocart rose et or, bordée d'une dentelle métallique.

523 — Chasuble décorée d'un semis de feuilles de chêne, en lamé d'or sur fond bleu, portant une armoirie de cardinal, en application et garnie d'une dentelle dorée.

524 — Chasuble de velours vert émeraude.

525 — Chasuble de velours vert olive, à ornementation en relief sur champ, autrefois lamé argent.

526 — Chasuble de velours vert frappé, avec bande de brocatelle, fond rouge, à aiglons et couronnes brochés argent. Elle est garnie d'une dentelle d'argent.

527 — Chasuble de soie parsemée de fleurons séparés par des chevrons, en broché de couleurs sur fond vert lamé argent.

528 — Chasuble de brocart, à dessin jaune lamé or sur champ vert.

529 — Chasuble de damas jaune, garnie de dentelle argentée.

530 — Chasuble de velours vénitien du XVIe siècle, à large dessin vieil or sur fond vert émeraude, avec bande en broderie sur soie cerise.

531 — Chasuble de satin vert, couverte de festons de fleurs en broderie d'or et d'argent, et garnie de dentelles argentées.

532 — Partie de chasuble en ancien velours bouclé de soie cramoisie de Gênes, à petit dessin mosaïque.

533 — Deux parties de chasuble, brocatelle jaune et violette.

534 — Chape, chaperon, deux chasubles en belle brocatelle italienne, à dessin jaune d'or sur fond ponceau rehaussé de fils d'argent.

535 — Chasuble de velours noir taillé, à dessin oriental, du XVIe siècle, bordée de galons dorés.

536 — Chasuble d'ancien brocart à fleurs d'or sur champ d'argent, garnie de galons or et argent.

537 — Chasuble d'ancienne soierie, à quadrillés jaune et violet.

538 — Chasuble de brocatelle du XVIe siècle, à dessin rouge rehaussé d'argent sur fond jaune, avec bande de velours de soie grenat uni.

539 — Chasuble à décor de palmettes tissées argent sur fond rouge cerise, bordée de galons métalliques.

540 — Chasuble de velours vert avec bande de beau velours vénitien du XVe siècle, enrichi de bouclé d'argent. Elle est bordée de petites franges argentées.

541 — Chasuble de velours vert foncé avec bande de velours vert clair, garnie de dentelle argentée et d'un galon frangé.

542 — Chasuble de velours de Gênes du XVIe siècle, à fleurons verts en relief sur fond vieil or. Elle est bordée de galons à arabesques en broderie de fils argentés.

543 — Chasuble de soie rose, décorée d'arabesques et d'oiseaux, en application de toile blanche et broderie de fils dorés.

544 — Deux dalmatiques en brocatelle italienne, à vases de fleurs et couronnes tissées vert et jaune sur fond gris d'argent.

VELOURS

545 — Morceau de velours vénitien du XVe siècle, à décor d'œillets, de couronnes et de branchages rehaussés d'argent sur fond grenat.

546 — Deux bandes de velours vénitien grenat ciselé.

547 — Petit tapis long de velours, à dessin grenat sur fond gris d'argent.

548 — Quatre petits tapis longs à dessin de velours bleu sur fond vieil or, bordés de galons dorés.

549 — Petit tapis persan à dessin velouté en deux couleurs, vert et cramoisi, sur fond gris d'argent.

550 — Petit tapis persan à dessin velouté en plusieurs couleurs.

551 — Petit tapis de velours vénitien du XVIe siècle, à dessin rouge sur fond tissé argent.

552 — Petit tapis formé d'un carré de velours vénitien du XVIe siècle, contretaillé à fond tissé argent, orné d'une armoirie rapportée et bordé d'une bande d'ancien brocart, garnie de galons en dentelle argentée et d'une frange dorée.

553 — Tapis de velours vénitien vert et jaune d'or, à fleurons inscrits dans un treillis; il est entouré, sur trois côtés, d'une bande de velours gris foncé.

554 — Petit tapis carré, de velours vénitien, à œils-de-perdrix.

555 — Petit tapis de peluche rouge feu, décoré de fleurs brodées et appliquées et bordé d'une bande de brocart entourée de guipure Louis XIII.

556 — Petit tapis de velours vert taillé, bordé d'un galon de soie cramoisie.

557 — Tapis d'ancien velours vert de Gênes, à fleurs de lis en relief sur champ saumon lamé argent; il est bordé d'un galon velouté et frangé.

558 — Bande de velours vert ciselé, de Venise, bordé d'un effilé de soie rouge à galon d'or.

559 — Partie de chasuble en velours vert et deux bandes composées de carrés en velours grenat et velours gris bordés de galons dorés.

560 — Tapis en peluche à dessins polychromes : large rosace centrale, motifs d'angles et bordure. Il est entouré d'une passementerie à glands.

561 — Devant d'autel en velours frappé de Gênes, à fleurons et feuilles marron sur fond bleu de ciel.

562 — Chape en velours cramoisi.

563 — Bande Renaissance à dessin en application de soie jaune et de velours bleu, entourée d'une bande de velours grenat.

SOIERIES, DENTELLES

564 — Tapis de brocart à festons de fleurs brochés or sur fond bleu de ciel damassé. Il est bordé d'une dentelle dorée.

565 — Tapis de brocart à dessin de fleurs brochées or et argent sur champ rouge damassé. Il est bordé d'un galon doré.

566 — Tapis de table en soie verte à fleurs tissées argent, entouré d'une bande de velours saumon bordée d'un galon grenat et jaune.

567 — Carré d'ancien brocart à festons de fleurs brochés or et argent sur fond vert.

568 — Tapis long d'ancien brocart à semis de grenades et de fleurs brochées or et argent sur fond cerise; il est bordé d'un effilé de même couleur.

569 — Tapis carré d'ancien brocart fond vert, à bouquets et bandes ondulées brochés en soie de couleur, avec rehauts de fils dorés. Frange métallique.

570 — Tapis à décor d'entrelacs violets brochés sur fond vieil or, entouré de bandes de velours violet bordées de galon.

571 — Petit tapis à dessin en broché d'argent sur fond vert damassé.

572 — Tapis en brocart à décor de fleurons inscrits dans un carrelage d'hexagones, en broché d'or sur soie cerise. Il est entouré d'une bande de soie bordée de franges de même nuance.

573 — Bande de très beau brocart fond vert lamé argent, à décor de rinceaux brochés en or et de fleurs en canetille d'argent. Époque Louis XIII.

574 — Bande de soie italienne du XVIe siècle, à fleurons et feuillages jaune et rouge sur fond blanc.

575 — Tapis long d'ancienne brocatelle verte, à dessin, ton sur ton, bordé d'une grille de soie verte à glands jaunes.

576 — Tapis en soie verte lamée d'argent, à fleurettes dans un treillis.

577 — Beau tapis de brocatelle de Venise du XVIe siècle, à riche décor composé de gerbes et de festons de fleurs, de groupes de fruits et de larges feuilles dentelées en plusieurs couleurs, sur champ vieil or.

Haut., 2 m. 35 cent.; larg., 1 m. 20 cent.

578 — Tapis en brocatelle du XVIe siècle, à dessins amarante sur fond vieil or. Il est bordé d'une frange jaune à glands.

579 — Tapis de satin rouge bordé d'une bande de velours de même ton, ornée de croix appliquées, en broderie, et bordée d'un galon métallique.

580 — Carré de beau brocart vénitien du XVIe siècle, à large dessin or et argent, sur champ bleu damassé.

581 — Couvre-lit composé de cinq lés de damas, vieil or à large dessin, bordé d'une petite frange assortie.

582 — Tapis de forme ronde en satin rose damassé, à fleurs brochées argent et couleur.

583 — Lé de beau brocart à dessin de fleurons et de rinceaux brochés or sur champ rouge damassé; il est bordé d'une dentelle d'argent.

584 — Carré de soie verte à semis de fleurs, brochés en couleur et tissés d'argent.

585 — Morceau de soie rouge à dessins tissés or.

586 — Jupe de satin blanc, à semis de glands, avec bordure composée de bouquets brochés en soies multicolores.

587 — Large et beau volant dentelé en dentelle d'argent de l'époque Louis XIII, appliqué sur une bande de velours cramoisi.

588 — Bande festonnée en guipure de soie rouge et blanche, bordée d'un effilé.

589 — Lot de dentelles et de galons d'argent.

590 — Deux cols et une bande de guipure de Venise, de l'époque Louis XIII.

BRODERIES, APPLICATIONS

591 — Beau et grand tapis de la Renaissance en satin crème, à riche décor d'arabesques en broderie de fils dorés et de soies polychromes. Il est bordé d'une petite frange d'argent.

592 — Tapis carré oriental en satin cerise, décoré de fleurons inscrits dans un treillis en broderie métallique, avec entourage de frange dorée.

593 — Devant d'autel de l'époque Louis XIII, en soie rayée rose et blanc, couverte de rinceaux en broderie de fils dorés et argentés.

594 — Très belle bande de brocart italien du XVIe siècle, à décor de fleurons inscrits dans un treillis en torsade.

Haut., 75 cent.; larg., 2 m. 25 cent.

595 — Croix de chasuble en broderie de soie, à figures d'anges et d'apôtres, avec encadrement de cordelettes revêtues de fils d'argent doré.

Italie, XVe siècle.

596 — Bonnet du XVIIe siècle, en soie blanche, brodé au passé en soies de couleurs, tiges de fleurs, oiseaux, papillons et insectes. Doublure en soie verte brodée à fleurs.

597 — Deux carrés longs en broderie de soie sur toile.

598 — Chape de soie blanche, à décor d'arabesques brodées au passé en soie de couleur et en fils métalliques dorés et argentés.

599 — Lambrequin de satin rouge décoré de fleurs-arabesques en broderies d'argent. Galon et effilé d'argent.

600 — Voile de calice, velours vert décoré de figures d'anges rapportées, en broderies de soie du XVe siècle.

601 — Deux bandes de soie rose à fleurs et arabesques brodées en soie de couleur et en fils métalliques or et argent.

602 — Couvre-lit portugais à décor de cavaliers et d'animaux en piqué de soie écrue sur toile blanche. XVIIe siècle.

603 — Couvre-lit en toile piquée à décor de médaillons lobés et de rinceaux en relief.

604 — Lambrequin de soie rouge, décoré d'arabesques en broderie or et argent, et garni d'une petite frange jaune et rouge.

605 — Bandeau en broderie espagnole de l'époque Louis XIII, à décor de fleurs-arabesques en soies polychromes sur fond blanc. Il est bordé d'une frange à grille de quatre couleurs.

606 — Petit tapis en satin blanc avec ornements appliqués de velours de couleur.

607 — Grand lambrequin d'ancien damas rouge, décoré de guirlandes de feuillages, en application de velours et de soie; le bord inférieur est garni d'une frange métallique à glands de soie.

608 — Grande portière de velours vert émeraude, encadrée d'une bordure à arabesques et armoiries en broderie de soies multicolores, rehaussée d'argent, sur fond de soie verte.

609 — Bande en application de soie et de velours bleu, bordée d'un galon velouté à effilés.

610 — Tapis de soie rouge, avec bordure et motifs d'angles en broderie de soies et d'argent.

611 — Longue bande en filet italien Louis XIII, décoré de rinceaux feuillagés en broderie de soies de couleur et de fils argentés et dorés.

612 — Deux bandes et un chaperon de soie rouge, à décor de rinceaux et de feuillages s'échappant de vases, en broderies de soie et d'argent.

613 — Encadrement d'un médaillon composé de rinceaux et d'arabesques brodés en soie et en fils métalliques sur satin blanc.

614 — Bande de satin rouge décorée d'ornements et de fleurs, en application et broderie.

615 — Petit tapis carré de faille blanche, à bordure d'arabesques en broderie d'or, avec armoirie en application et entourage de frange verte.

616 — Serviette de toile décorée en broderie (or, argent et soie) d'un entourage de fleurons et d'une bande d'entre-deux à décor de figures d'enfants, d'oiseaux, de mascarons et d'arabesques.

617 — Deux serviettes de toile avec bordure et entre-deux brodés en soie rouge, et une longue bande broderie de soie rouge sur toile.

618 — Serviette de toile bordée de guipure; autre, avec entre-deux et bordure en guipure jaune et blanche; écharpe avec extrémités brodées en soie jaune et soie bleue.

619 — Tapis blanc, tissu soyeux, avec bordure en broderie de soie et d'argent.

620 — Tableau finement exécuté, en broderie de soie au passé, avec rehauts d'argent et représentant la Salutation angélique; il est entouré de rinceaux en relief et

découpés à jour, en broderie de fils dorés enrichie de petites perles couleur grenat.

621 — Six petits tableaux ovales, sujets religieux, en broderie de soie dans des cadres sculptés.

TAPISSERIES

622 — Très belle tapisserie du XVe siècle, rehaussée d'argent. Sous un édicule à colonnettes et pilastres d'une élégante architecture, la Vierge portant l'Enfant Jésus est assise sur un faudesteuil, les pieds sur un tapis d'Orient. De chaque côté, une sainte agenouillée; plus loin, des anges qui chantent et font de la musique. A travers les arcades, un fond de paysage montagneux. La bordure, étroite, est formée d'un cordon de perles et d'olives.

Haut., 2 m. 52 cent.; larg., 2 m. 10 cent.

623 — Belle tapisserie de la Renaissance, représentant une chasse aux canards sauvages, à petits personnages groupés sur les deux rives d'un cours d'eau, cavaliers, piétons armés d'arbalètes, valets de chiens, etc. Des hommes, dans des barques, barrent le fleuve en tendant des filets. Deux belles bandes rehaussées d'argent, à guirlandes de fleurs et de fruits sur fond blanc, sont rapportées sur les côtés de cette tapisserie.

Haut., 2 m. 42 cent.; larg., 4 m. 35 cent.

624 — Tapisserie de la Renaissance, représentant un cortège de guerriers costumés à l'antique et escortant une reine, conduite triomphalement dans la campagne, assise sur un char attelé de deux chevaux montés par des enfants.

Haut., 3 m. 10 cent.; larg., 4 m. 30 cent.

www.ingramcontent.com/pod-product-compliance
Lightning Source LLC
LaVergne TN
LVHW020420230826
846091LV00004B/1344

9782329474700